KB169771

탄탄한
문장력

보기 좋고 읽기 쉬운 정교한 글쓰기의 법칙 20

The Little Red  Writing Book

탄탄한 문장력

브랜던 로열 지음 | 구미화 옮김

글을 잘 쓰는 것은 재능이 아니다.

그것은 오로지 습관의 결과물 일 뿐이다.

글 잘 쓰는 사람들의 단순한 습관

이 책은 단순하지만 강력한 관찰에서 비롯됐다. 글 솜씨가 뛰어난 학생들과 젊은 직장인들을 유심히 지켜본 적이 있는가? 그렇다면 그들이 중요한 글쓰기 원칙 몇 가지를 완벽하게 익힌 다음, 글을 쓸 때마다 그것을 되풀이해서 활용한다는 것을 깨닫게 될 것이다. 그들이 사용하는 마법의 원칙들은 대체 무엇일까? 그 질문에 대한 답이 바로 이 책을 탄생시켰다. 이 책에는 불변의 20가지 글쓰기 원칙이 고스란히 들어 있다.

글쓰기는 구조와 문체, 가독성과 문법이라는 네 가지 기둥으로 이루어져 있다. 각각의 기둥은 견고한 의자를 떠받치는 다리처럼, 탄탄한 글쓰기를 떠받치고 있다. 일단 구조는 글의 구성과 관련돼 있다. 즉 생각을 어떤 순서로 써 내려갈지 결정하는 것을 말한다. 문체는 어떻게 쓰느냐에 관한 것이다. 주제를 뒷받침하기 위해 구체적인 사례를 어떻게 활용할 것인가도 여기에 포함된다. 가독성은 글을 제시하는 방식, 즉 보기 좋고 읽기 편하게 쓰는 법을 말한다. 문법은 '어떤 단어를 선택할까'처럼 언어를 정확하고 적절한 방식으로 쓰는 법과 관계 있다. 이 책에서는 구조와 문체, 가독성 이렇게 세 가지 기둥을 다룬다. 네 번째 기둥인 문법은 『The little gold grammar book』에서 더욱 폭넓게 다루고 있으니, 그 책을 참고하길 바란다.

글쓰기가 가진 보편적인 특성상 이 책은 글쓰기를 좋아하는 사람에게는 물론, 나이와 분야, 계층에 관계없이 널리 활용될 만하다. 고등학생이나 대학생에게는 보충교재로, 직장인들에게는 재교육 목적으로 유용하다. 오랜 시간에 걸쳐 그 효과가 검증된 글쓰기의 기본원칙들은, 직무배정 평가를 앞둔 직장인이나 대학 및 대학원 진학을 준비하는 학생들에게도 도움이 될 것이다.

자, 이제 시작해보자.

| 차례 |

PART 2
가독성 : 보기 좋고 읽기 편한 글을 쓰는 법

부록

Part 1
구조

생각을 어떻게 글로 적을 것인가

”

구구절절 길게 써서 미안하네.

시간이 좀 더 있었다면 훨씬 간결하게 썼을 텐데 말이야.

— 블레즈 파스칼 —

기본원칙 1

두괄식으로 써라

결론부터 제시하라

우리가 평소에 쓰는 글은 대부분 설명문에 속한다. 신문기사, 대학 과제물로 제출하는 에세이, 업무용 문서와 편지 등이 그러하다. 보통 설명문은 한 가지 주제나 쟁점을 설명하거나 요약하는 방식을 취한다. 그렇기 때문에 가장 중요한 내용이나 결론이 가장 앞에 나와야 한다. 왜 이 글을 썼는지 먼저 알려준 다음, 그것을 뒷받침하는 사실이나 세부적인 내용들을 뒤이어 보여주는 것이다. 이렇게 하면 읽는 사람이 글쓴이의 핵심 의도를 막연히 추측하지 않아도 된다.

설명문이 사실을 알려주고, 정보를 제공하고, 이해시키려는 목적을 가졌다면 소설을 포함한 창의적인 글은 즐거움을 주거나 감각을 새롭게 일깨우는 데 그 목적이 있다. 이런 글이라면 결론이 뒤에 나와도 괜찮다. 오히려 그것이 영리한 선택일 수 있다. 뜻밖의 결론이라는 것도 필요한 법이니까. 하지만 설명문이라면 결론을 숨기면 안 된다. 곧바로 알려줘야 한다. 무언가를 설명하거나 정보를 알려주기 위해 글을 쓰고 있다면, "이건 비밀이야" 같은 태도를 보여서는 안 된다.

노련한 작문교사들은, 학생들의 글쓰기 습관을 바로잡기 위해 결론을 가장 처음에 쓰게 만든다. 주제를 내주고 짧은 글을 쓰라고 지시한 다음, 글이 완성되면 각각의 학생에게 다가가 다짜고짜 맨 마지막 문장을 동그라미 쳐서 글의 첫머리로 옮겨놓는다. 대부분의 학생들이 결론을 마지막에 쓴다는 사실을 알고 있기 때문이다. 이런 기술을 가리켜 BLOT, 즉 "마지막 문장을 제일 처음으로(Bottom Line on Top)"라고 부른다. 결론을 마지막에 내리는 방식이야말로 인간의 본성에 더 가깝고 더 논리적인 것처럼 보이지만 글은 뒤집힌 피라미드 형태로 써야 한다. 즉 피라미드의 넓은 면이, 앞에 제시된 결론이 되어야 하는 것이다.

그러니 이제부터는 두괄식 글쓰기를 사랑하라.

가장 중요한 내용

다음으로 중요한 내용

그 다음으로 중요한 내용

가장 덜 중요한 내용

그리고 미괄식 글쓰기는 피하라.

가장 덜 중요한 내용

그 다음으로 중요한 내용

다음으로 중요한 내용

가장 중요한 내용

신문기사는 거의 두괄식이다. 기자들은 자신의 기사가 할당된 지면 안에 다 들어가지 않을 경우, 편집자들이 뒤에서부터 글을 잘라낸다는 사실을 알고 있다. 따라서 그들은 결론을 아껴두지 않는다. 오히려 지면의 뒷부분일수록 별로 중요하지 않은 자잘한 내용에 양보한다.

글쓰기를 할 때 범하는 실수는 종종 대화를 할 때 범하는 실수와 비슷해 보인다. 글을 쓸 때도 말할 때와 마찬가지로 목적지를 가장 먼저 알려줘야 한다. 가는 방법을 알려주는 것은 그 다음이다. 이렇게 하지 않으면 원하는 메시지를 효과적으로 전달할 수 없다. 다음의 대화를 보자. 결론부터 말하는 방식이 실제 대화에서조차 얼마나 중요한지 알 수 있다.

* **잘못된 방식**

"앨리스, 시내에 나갈 거면 부탁 좀 할게. 혹시 지하철 타고 가? 그럼 메인 스트리트 역에서 내려서 1번 출구로 나간 다음 말이야, 크로스 스트리트와 바인 스트리트가 만나는 교차로까지 걸어가. 그곳에 샌디 문구점이 있는데, 펜텔 0.5mm 샤프심 한 통만 사다줘."

* **영리한 방식**

"앨리스, 시내에 나갈 거면 부탁 좀 할게. 펜텔 0.5mm 샤프심 한 통이 필요하거든. 샌디 문구점에서 사는 게 가장 좋아. 지하철을 타고 메인 스트리트 역에 내려서 1번 출구로 나간 다음 크로스 스트리트까지 걸어가면 돼. 크로스 스트리트와 바인 스트리트가 만나는 곳에 그 문구점이 있어."

각각의 밑줄 친 문장이 결론이다. 첫 번째 방식으로 말했을 때 듣는 사람이 얼마나 짜증스러울지 생각해보자. 실제 상황이었다면 버럭 소리를 질렀을지 모른다. 게다가 짜증을 꾹 참고 이야기를 다 들었다 해도, 가는 방법을 기억하려면 처음부터 다시 말해달라고 요구해야 할 것이다. 글쓰기도 마찬가지다. 무슨 이야기를 하고 싶은지 도대체 파악이 안 되는 글은 똑같이 짜증스럽다.

사람들은 두괄식으로 생각하는 것, 즉 결론부터 시작해 세부 사항으로

뻗어나가는 방식을 좋아하기 때문이다.

이제 내용은 같고 형식만 다른 두 가지 비즈니스 글쓰기를 비교해보자. 다음에 나오는 두 예문을 읽어보면 두 번째 유형이 좀 더 두괄식에 가깝다는 사실을 발견할 수 있다. 즉 "인구를 기준으로 봤을 때, 앞으로는 아시아와 아프리카가 기초 소비재 분야의 가장 큰 국제적 시장이 될 것이다"는 결론이 문단의 맨 앞에 나와 있다. 통계는 그것을 뒷받침하는 도구로만 쓰였다.

＊ 덜 효과적인 유형

오늘날 세계 인구의 4분의 3이 아시아와 아프리카에 살고 있다. 다시 말해 인구의 대부분이 남아프리카공화국에서부터 사하라 사막, 중동에서부터 일본, 시베리아에서부터 인도네시아에 이르는 지역에 분포돼 있다는 말이다. 이러한 인구 통계는 아주 흥미로운 사실을 담고 있다. 세계의 전 지역에서 인구를 대표하는 네 사람을 뽑는다고 했을 때, 한 명은 중국에서 한 명으로 인도에서 또 다른 한 명은 그 밖의 아시아 지역이나 아프리카에서 뽑히게 된다는 말이다. 그리고 단지 한 명만이 북아메리카와 남아메리카, 유럽, 오세아니아 이 네 개 지역을 대표해서 뽑히게 된다! 기초 소비재는, 사용기간이 긴 내구성 생활용품과 단기간에 소모되는 비내구성 용품을 모두 가리키는 말로써 식품과 조리기구, 의류와 섬유, 세면도구를 포함한 화장품류, 전자기기, 가구, 그밖에 다양한 가정용 기기가 여기에 속한다. 따라서 인구를 기준으로 봤을 때, 앞으로는 아시아와 아프리카가 기초 소비재 분야에서 가장 큰 국제적 시장이 될 것이다.

* 더 효과적인 유형

인구를 기준으로 봤을 때, 앞으로는 아시아와 아프리카가 기초 소비재 분야에서 가장 큰 국제적 시장이 될 것이다. 기초 소비재는 사용기간이 긴 내구성 생활용품과 단기간에 소모되는 비내구성 용품을 모두 가리키는 말로써, 식품과 조리기구, 의류와 섬유, 세면도구를 포함한 화장품류, 전자기기, 가구, 그밖에 다양한 가정용 기기가 여기에 속한다. 오늘날 세계 인구의 4분의 3이 아시아와 아프리카에 살고 있다. 다시 말해 인구의 대부분이, 남아프리카공화국에서부터 사하라 사막, 중동에서부터 일본, 시베리아에서부터 인도네시아에 이르는 지역에 분포돼 있다는 말이다. 이러한 인구 통계는 아주 흥미로운 사실을 담고 있다. 세계의 전 지역에서 인구를 대표하는 네 사람을 뽑는다고 했을 때, 한 명은 중국에서, 한 명으로 인도에서, 또 다른 한 명은 그 밖의 아시아 지역이나 아프리카에서 뽑히게 된다는 말이다. 단지 한 명만이 북아메리카와 남아메리카, 유럽, 오세아니아 이 네 개 지역을 대표해서 뽑히게 된다!

이제 다음 예문을 살펴보자.

> 12월 29일 저녁, 수백 명의 관객들이 공연장 객석을 가득 메웠다. 나는 첫 번째 순서를 장식할 열두 명의 참가자 중 한 명이었다. 생애 처음으로 무대 위에서 춤출 기회를 얻은 것이다. 비록 5분 정도에 불과했지만 그 5분이 내게는 몹시 중요했다. 두 달 전 연습을 시작한 이후로 나는 정기적인 연습시간 외에도 틈만 나면 연습에 매달렸다. 버스에서는 물론이고 병원에서 차례를 기다릴 때, 출근할 때도 늘 MP3플레이어로 음악을 들으며 머릿속으로 전체 동작을 짚어보았다. 그러기를 반복하고 또 반복했다. 최선을 다하겠다고 거듭 다짐했다. 하지만 너무 긴장한 탓인지 그만 공연 도중 미끄러지고 말았다. 머릿속이 새하얘졌다. 음악을 어떻게 따라가야 할지 몰라 그저 멍하니 서 있기만 했다. 15초가 열다섯 시간만큼이나 길게 느껴졌다.

밑줄 친 결론을 보자. 글을 쓴 사람의 목적에 따라 적절한 위치에 자리한 것일 수도 있고, 아닐 수도 있다. 만약 사실을 설명하기 위한 글이었다면 결론의 위치는 부적절하다. 하지만 이 글은 독자의 즐거움을 위해 쓴 창의적인 글에 가깝기 때문에 결론이 나중에 나와도 괜찮다. 다만 일상생활에서 자주 접하는 설명문의 글쓰기 규칙만큼은 꼭 기억해두자. 모름지기 결론은 글의 가장 처음, 혹은 처음과 가장 근접한 곳에 써야 한다는 것!

항공기 조종사가 목적지와 비행경로도 모른 채
활주로에서 이륙하는 경우는 없다.
무언가를 설명하거나 정보를 제공하기 위해 글을 쓰고 있다면
먼저 결론부터 알려주고 난 뒤
그것을 뒷받침하는 세부사항에 집중해야 한다.
절대 "비밀이야" 같은 태도를 보여서는 안 된다.

기본원칙 2

쪼개라

주제를 몇 개의 부분으로 쪼개서 본론을 만들고,
머리말을 활용하라

무슨 이야기를 쓰고 싶은지 정했는가. 그렇다면 이제는 글을 어떻게 구성할지 결정할 차례다. 대부분의 사람들은 이야기를 서론, 본론, 결론에 따라 나누라고 조언한다. 듣기에는 무척 쉬워 보인다. 하지만 막상 그 조언에 따라 글을 써보려고 하면 그때부터 머릿속은 엉망진창이 되고 만다. 종이 위에는 서론, 본론, 결론이라는 글자들만 덩그러니 놓여 있을 뿐 정작 채워야 할 내용은 하얗게 비어 있는 경우가 대부분이다. 그러니 지금부터는 이렇게 글을 써보자. 일단 쓰고 싶은 이야기를 두 개 혹은 네 개의 중요한 부분으로 나눈다. 보통은 세 개로 나누는 것을 추천한다. 글을 간결하게 쓰려면 네 개를 넘기지 말아야 한다. 그리고 이렇게 나눈 부분을 본론에 죄다 집어넣어라. 어떤가. 당신은 방금 자신이 쓰고 싶은 이야기의 본론 부분을 완성했다!

다음에 나오는 예문처럼, 본론을 세 부분으로 나누는 아주 전통적인 방식의 '다섯 단락 글쓰기'는 어떤 스타일의 글을 쓰든 초기 구성을 잡는 데 효과적이다. 예문을 보자. 각 색깔에 대한 생각을 개성 있게 써 넣기만 하면 하나의 글이 완성된다!

서론

색깔은 세상을 밝고 풍요롭게 만든다. 내가 가장 좋아하는 색은 초록색, 파란색, 노란색이다. 세 가지 색 모두 내게 각각 특별한 의미가 있다. ________________________________
____
________________________________.

본론

초록색은 지구를 덮고 있는 푸른 잔디 같다. ______________
____
________________________________.

파란색은 높고 높은 하늘 같다. ____________________

____

_____________________________________.

노란색은 밝게 빛나는 태양 같다. ____________________

____

_____________________________________.

결론

이 세 가지 색깔 중에서도 초록색이 가장 흥미롭다. 심지어 파란색과 노란색을 섞으면 초록색이 된다. ________________

____

_____________________________________.

머리말의 활약

지금 막 본론을 완성한 당신, 이제는 서론을 써보자. 이때는 '머리말'을 적극 활용하면 좋다. 머리말이란 본론에 나와 있는 각 단락의 내용을 요약한 것으로, 보통 글의 첫머리에 등장한다. 즉 머리말은 앞으로 어떤 내용이 나올지 미리 알려주는 역할을 한다. 본론에서 어떤 내용들이 나올지, 글이 어떤 순서로 전개될지 알려주는 것이라고 생각하면 쉽다. 여기서 꼭 기억해야 할 게 있다. 머리말을 쓸 때 각 단락의 요점을 알려주는 것에 그치지 말고 이 글을 쓴 목적이나 주제를 요약해서 함께 보여줘야 한다는 것! 머리말이 있기 때문에 읽는 사람은 글의 전체 내용을 단박에 그려볼 수 있고, 좀 더 주의를 집중하게 된다. 물론 머리말에 언급된 각 항목은 그것에 대한 내용이 본론에서 적어도 한 단락 이상씩은 나와야 한다.

자기소개서를 쓴다면 아래와 같은 문장이 머리말이 될 수 있다.

*** 머리말**

저에 대해 장황하게 설명하고 싶지는 않습니다. 그보다는 개인적으로나 직업적으로 성장의 원동력이 됐던 세 가지 터닝 포인트를 통해 저를 보여드리고 싶습니다. 로스 장학생 자격으로 대학에 입학했을 때, 1년간 평화봉사단으로 활동했을 때, 런던의 원자재 투자회사에 취직했을 때가 바로 그 특별한 세 가지 계기입니다.

*** 본론**

로스 장학생 자격으로 대학에 입학했을 때, ____________________

1년간 평화봉사단으로 활동했을 때, ____________________

런던의 원자재 투자회사에 취직했을 때, ____________________

업무 보고서라면 다음과 같은 문장을 머리말로 활용할 수 있다.

＊ 머리말

최근의 조사결과를 통해, 우리 회사가 세 가지 심각한 문제점에 직면해 있다는 사실이 드러났습니다. 지금부터 문제점으로 밝혀진 높은 이직률, 빈번한 매장 도난사건, 고객 서비스 수준의 하락을 불러온 원인들에 대해 분석해보겠습니다.

＊ 본론

높은 이직률의 원인, ______________________________

빈번한 매장 도난사건의 원인, ________________________

고객 서비스 수준의 하락 원인, ________________________

글쓰기에서 3은 마법의 숫자다.

3가지의 핵심 아이디어나 개념을 중심으로 글을 구성하라.

업무 보고서 작성은 이렇게!

이렇게 업무 보고서를 따로 다루는 데는 이유가 있다. 일단 업무 보고서는 중요하다! 그리고 일상생활에서 쓰는 설명문과는 약간 다른 구성을 갖고 있다. 설명문은 ①머리말을 포함한 서론, ②본론, ③결론으로 이루어지지만, 업무 보고서의 경우에는 '본론'이라는 말 대신 '결과'라는 표현을 쓴다. 업무 보고서의 대표적인 유형을 보여주는 예가 28쪽에 있다. 그 예문에서 볼 수 있는 것처럼 '결과'는 다시 3~4개의 항목으로 나뉜다. 그리고 보통 한 장짜리 요약문과 두 장 분량의 제안사항도 함께 들어간다. 요약문이란 '조사나 업무를 실행한 결과와 그것으로 유추해볼 수 있는 결론, 제안사항을 모두 함께 정리한 글'이다. 보고서 맨 앞에 첨부하지만, 실제로는 가장 나중에 작성한다. 제안사항은 '작성자가 자신이 내린 결론을 바탕으로 업무상 실행돼야 한다고 생각한 것'을 정리한 글이다.

업무 보고서는 다음 네 가지 조사를 진행하면서 작성하는 게 일반적이다. ①타당성 조사, ②비교조사, ③평가조사, ④비용조사. 각각의 차이점을 살펴보기 위해 가상의 비즈니스 상황을 예로 들어보자.

원더랜드 호텔이 인도네시아 자카르타로 진출하는 것을 고민하고 있다고 해보자. 이때 가장 먼저 필요한 것은 타당성 조사다. 경영진은 이런 의문을 가질 게 분명하기 때문이다. '자카르타의 호텔 시장이 우리 호텔의 성공을 보장할 정도로 충분히 넓은가?'

호텔이 세워져 영업을 시작했다고 가정하면, 현지 체인의 경영진은 이런 고민에 빠질 수도 있다. '자카르타 지점과 본사의 영업실적을 어떤 방식으로 비교해야 하는가?' 이 같은 고민은 비교조사 보고서의 주제가 된다.

자카르타 지점의 호텔 총지배인은 서비스의 질을 높이기 위해 고객용 설문지를 만들 수도 있다. '고객님 만족하십니까?'라는 제목의 이 설문지는 평가조사 보고서의 토대가 된다. 그리고 설문 결과를 근거로 수중 미끄럼틀과 실내 오락시설, 독서실을 마련하기 위해 준비하고 있다고 해보자. 이때 가장 고려해야 할 것은 비용이다. 그것을 해결하기 위해서는 또다시 비용조사 보고서가 필요하다.

업무 보고서의 종류

타당성 조사 보고서

요약문
목차
서론
조사결과
- 2.1 시장 규모
- 2.2 경쟁업체
- 2.3 시장 진입 전략
- 2.4 운영 자금 조달

결론
제안사항
부록

비교조사 보고서

요약문
목차
서론
조사결과
- 2.1 매출 분석
- 2.2 비용 분석
- 2.3 순익 분석

결론
제안사항
부록

평가조사 보고서

요약문
목차
서론
조사결과
- 2.1 고객 설문 내용
- 2.2 1~5점까지 등급 평가 결과
- 2.3 서술형 답변 결과

결론
제안사항
부록

비용조사 보고서

요약문
목차
서론
조사결과
- 2.1 물 미끄럼틀
- 2.2 실내 오락시설
- 2.3 독서실

결론
제안사항
부록

기본원칙 3

접속사를 사용하라

글의 흐름을 명확히 보여주려면 접속사를 사용하라

'그러나'와 '하지만' 같은 접속사들은 언어 세계의 신호등이다. 접속사를 사용하면 글의 흐름을 좀 더 명확하게 보여줄 수 있다. 일반적으로 접속사는 글 속의 대조나 예시, 연속이나 결론을 강조하기 위해서 사용한다. 다음에 나오는 예시를 보자. 각각의 접속사에 밑줄이 그어져 있으니 각 접속사에 따라 글의 흐름이 어떻게 바뀌는지 참고해보자.

1

시간을 관리하려면 첫째 효과성, 둘째 효율성을 염두에 두어야 한다. 효율성은 어떤 일을 가장 빠르게 해내는 것을 가리킨다. 반면에 효과성은 '적절한' 일을 하는 데 소비하는 시간을 가리킨다. 따라서 효과성이 효율성보다 더 포괄적이고 유용한 개념이다. 그 일의 필요성 자체를 고민하게 만드는 개념이기 때문이다.

2

진화 과정에는 생물체 안에서 일어나는 변화와 생물체 밖에서 일어나는 변화가 있다. 일단 다윈의 진화 과정부터 살펴보자. 그것은 생물에게 발생하는 유전자 돌연변이를 뜻한다. 만약 이로운 돌연변이라면 그 생물은 자연의 보살핌을 받고 성공적으로 살아남지만 불리한 돌연변이라면 환경에 시달리다 사라지고 만다.
반면에 우리가 인류 문명이라고 부르는 것은, 생물체 밖에서 벌어지는 진화의 결과물이다. 이러한 변화는 서서히 일어난다. 하지만 그만큼 신중한 선택을 통해서 이루어지므로 그만큼 인류가 생존에 불리한 환경에 잘 적응하고 있다는 의미이기도 하다.

3

세상에서 가장 치명적인 뱀과 가장 위험한 뱀의 차이점은 무엇일까? 세상에서 가장 치명적인 뱀은 가장 강한 독을 갖고 있다. 반면에 세상에서 가장 위험한 뱀은 가장 많은 사람들을 공격한다. 의심할 여지없이 세상에서 가장 치명적인 독성을 가진 것은 목도리 바다뱀이다. 단 몇 밀리그램의 독으로도 1,000명의 목숨을 앗아갈 수 있다. 하지만 성격이 유순해서 사람을 공격하는 일은 거의 없다.
카펫 독사는 매년 가장 많은 사람들을 죽음에 이르게 한다. 그래서 세상에서 가장 위험한 뱀이라고 일컬어진다. 매년 아프리카와 아시아 일대에 사는 2만 여 명의 사람들이 카펫 독사에 물려 목숨을 잃는다.
하지만 공교롭게도 목도리 바다뱀과 카펫 독사 둘 다 지구상 최악의 뱀은 아니다. 그 '불명예'는 아프리카 독사가 차지했다. 독성이 강한데다 성격도 사나워서 위협을 가하지 않는 대상까지 공격한다고 알려진 예측 불가능한 뱀이다.

접속사의 종류

Ⅰ. 연속 접속사

초록불

"같은 흐름으로 계속 읽으세요."

게다가, 뿐만 아니라,
그러한 측면에서,
의심할 여지없이, 동시에

Ⅱ. 예시 접속사

깜빡이는 초록불

"속도를 줄이고 내용을 살피세요."

첫째 · 둘째 · 셋째, 예를 들면,
일례로, 사실상, 좋은 예로

Ⅲ. 대조

깜빡이는 노란불

"곧 흐름이 바뀝니다."

그렇지만, 그러나, 그럼에도,
한편, 반면에, 반대로

Ⅳ. 결론

빨간불

"이제 곧 결론에 도착합니다."

끝으로, 마지막으로,
분명한 것은, 그러므로, 따라서,
요컨대, 그리하여, 결과적으로

접속사를 사용하면 글쓰기가 쉬워진다

어떤 주제로도 글을 쓸 수 있는 가장 확실한 방법이 있다. 이 방법을 따르면, 가장 흥미로운 형태는 아닐지라도 가장 효과적이고 분명한 글이 탄생할 것이다.

첫째, 주제를 정한다.

둘째, 결론을 쓴다.

셋째, '여기에는 여러 가지 이유가 있다'고 덧붙인다.

넷째, 접속사를 사용해서 나머지 내용을 잇는다.

브라보! 이렇게 간단하다.

주제: 르네상스

르네상스는 인류 역사상 가장 찬란한 시기였다. 여기에는 여러 가지 이유가 있다. 첫째, _____ 둘째, ____ 셋째, _____ 예를 들면, ________ 게다가, ____________ 마지막으로, _________.

____

연습문제

아래의 각 문장을 읽고 논리와 흐름을 고려해 의미가 가장 잘 통하도록 순서를 정하세요. 답은 157쪽에 있습니다.

주제: 고래

1. 반면에 개미라고 하면 부지런하고 적게 먹으면서도 자기 몸의 두 배나 되는 물건들을 은신처로 나르느라 바삐 움직이는 모습을 떠올리는 경향이 있다.
2. 고래라고 하면 대부분의 사람들이 게으르고 뚱뚱하고 넓은 바다를 어슬렁거리면서 거대한 몸을 유지하기 위해 엄청난 양의 먹이를 먹어대는 모습을 떠올린다.
3. 실제로 모든 생물의 먹이 소비량과 몸집을 비교해보면, 고래가 지구상에서 먹이 효율이 가장 뛰어난 생물 중 하나라는 사실을 알 수 있다.
4. 그러나 개미는 매일 자신의 몸무게와 동일한 양을 먹는 반면 고래는 종일 자기 몸무게의 1,000분의 1정도밖에 먹지 않는다.
5. 고래는 동물들 중에서 덩치가 가장 큰 포유류다.

기본원칙 4

여섯 가지 글쓰기 구조를 기억하라

여섯 가지 구조를 활용해 생각을 적절히 배치하라

글쓰기에서 생각을 어떤 순서로 보여주고 각각 어느 정도의 비중을 둘 것인지 정하는 것은 중요하다. 일단 순서를 정할 때는 논리적으로 전개되도록 신경 써야 한다. 일반적으로 가장 중요한 개념을 가장 먼저 다루도록 한다. 그리고 가장 중요한 개념에 가장 많은 분량을 할애해야 한다. 특히 신경 써야 할 것은, 각각의 생각에 강조점이나 비중을 다르게 두는 작업이다. 어떤 구조에서든지 이 작업은 항상 중요하다. 길게 쓰면 쓸수록 그 개념이나 주제가 갖는 중요성은 더 커지게 마련이니까. 물론 아이디어를 전개하는 순서도 중요하다. 하지만 이것은 글의 구조에 따라 중요성이 낮아질 수도 있다.

가장 흔하게 사용되는 글쓰기의 여섯 가지 구조는 다음과 같다. ①시간순서 구조, ②비교구조, ③순차구조, ④인과구조, ⑤분류구조, ⑥가치판단 구조.

순서가 중요한 구조로는 시간순서 구조, 비교구조, 순차구조, 인과구조가 있다. 시간순서로 쓸 때는 가장 먼저 일어난 사건부터 다루어야 한다. 비교구조에서는 가장 중요한 개념을 가장 먼저 다루는 게 핵심이다. 순차구조로 쓸 때는 사건 속에서 발생한 첫 번째 항목에서부터 마지막 항목까지 순차적으로 써 내려가야 한다. 인과구조로 쓸 때는 원인을 먼저 밝히고 논의한 다음 결론을 제시해야 한다.

그밖에 다른 구조에서는 순서를 따르는 게 별로 중요하지 않다. 분류와 가치판단 구조가 특히 그렇다. 분류구조 안에서라면, 미국과 중국에 이어서 영국을 이야기하든 영국을 이야기하고 중국과 미국을 다루든 별 차이가 없을 것이다. 가치판단 구조도 마찬가지다. 찬성하는 의견을 먼저 쓰고 반대 의견을 제시하든 반대 의견을 먼저 쓰고 찬성 의견을 제시하든 별반 다르지 않다. 만약 한쪽 의견이나 어떤 개념을 좀 더 강조하고 싶을 때는 결론에서 확실하게 보여주면 된다.

잠깐! 여섯 가지 글쓰기 구조는, 서론이나 결론이 아닌 본론에 활용하는 도구다.

여섯 가지 글쓰기의 구조

	구조의 종류	올바른 순서	예시
1	**분류구조** • 항목1, 항목2, 항목3 • A, B 혹은 B, A • A, B, C 혹은 C, B, A	• 순서는 상관없다.	**항목이 두 개일 때** • 사과와 오렌지에 대해 이야기해보자. **항목이 세 개일 때** • 미국, 중국, 영국에 관해 논의해보자.
2	**가치판단 구조** • 찬성과 반대 • 긍정과 부정 • 장점과 단점	• 긍정적인 의견을 먼저 제시한 다음 부정적인 의견을 제시한다(순서를 바꿔도 상관없다).	**항목이 두 개일 때** • 날씨에 대해 이야기해보자. 화창하면서도 습한 날씨가 있다. **항목이 세 개일 때** • 유권자들의 생각을 살펴보자. 지지하는 사람이 있는가 하면 반대하는 사람도 있고 아직 의사결정을 못한 사람들도 있다.
3	**시간순서 구조** • 과거, 현재, 미래 • 이전, 당시, 이후	• 먼저 발생한 사건을 앞에, 나중에 발생한 사건을 뒤에 다룬다.	**항목이 두 개일 때** • 1월부터 6월까지의 영업활동에 대해 이야기해보자. **항목이 세 개일 때** • 유럽 경제를 1800년대와 1900년대, 2000년 이후 순서로 살펴보자.

4	**비교구조** • A〉B 혹은 B〉A • C〉B〉A • C〉A 또는 B	• 대조적인 특징들 중에서도 가장 의미 있는 항목을 먼저 다룬 뒤에 상대적으로 덜 중요한 특징들을 다룬다.	**항목이 두 개일 때** • 우리가 가장 중요하게 생각하는 목표와 함께 작은 목표들도 살펴보자. **항목이 세 개일 때** • 규모와 생산품, 인력/자원 면에서 우리 회사와 경쟁사들을 비교해보자.
5	**순차구조** • 첫째, 둘째, 셋째 • X에서 Y, Y에서 Z(또는 반대로)	• 첫 번째부터 마지막까지 절차가 진행된 순서대로 논의한다. 아예 역순으로 서술하는 방법도 있다.	**항목이 두 개일 때** • 약물중독에 대해 논의해보자. 약물에 중독된 사람들은 중독성이 약한 약물로 시작했다가 점점 중독성이 강한 약물로 옮겨가는 경향이 있다. **항목이 세 개일 때** • 시 · 군 단위에서부터 주, 국가 차원까지 법이 만들어지는 과정을 단계별로 살펴보자.
6	**인과구조** • A가 B를 초래 • A와 B가 C를 초래 • A → B • A+B → C	• 사건이 일어난 순서대로 서술한다. 아니면 결과를 먼저 제시한 다음 원인을 밝혀도 상관없다.	**항목이 두 개일 때** • 실업률 상승이 범죄 발생을 높이는지 살펴보자. **항목이 세 개일 때** • 지구온난화의 주요 원인과 지구온난화가 미칠 수 있는 영향, 지구온난화 문제를 둘러싼 논란에 대해 살펴보자.

한눈에 살펴보는 여섯 가지 글쓰기 구조

분류구조

서론

세 국가를 살펴보자.

미국…

중국…

영국…

결론

비교구조

서론

우리 회사를 경쟁사들과 비교해 보자.

규모 면에서…

상품과 서비스 면에서…

인력과 자원 면에서…

결론

가치판단 구조

서론

유권자들의 생각을 가늠해보자.

우리 당을 지지하는 이들…

우리 당에 반대하는 이들…

아직 의사결정을 못한 이들…

결론

순차구조

서론

입법 과정을 세 가지 차원에서 살펴보자.

시 · 군 단위에서는…

주 차원에서는…

국가 수준에서는…

결론

시간순서 구조

서론

유럽 경제에 대해 논의해보자.

1800년대에는…

1900년대에는…

2000년 이후에는…

결론

인과구조

서론

지구온난화의 원인과 예상되는 결과를 살펴보자.

지구온난화의 주요 원인은…

지구온난화가 미칠 수 있는 영향은…

지구온난화를 둘러싼 논란은…

결론

다음은 '질문과 답변', '문제와 해법' 형식을 보여주는 예문들이다. 첫 번째 예문은 여행안내 책자에서 볼 수 있는 형태이며, 두 번째 예문은 업무용 문서에서 흔히 볼 수 있는 형태이다.

*** 질문과 답변**

질문: 다른 나라를 방문하는 가장 추천할 만한 방법은 무엇인가요?

답변: 사진과 발자국 외에는 다른 흔적을 남기지 않는 것!

질문: 어떻게 하면 멸종 위기에 처한 동물들을 보호하는 데 도움이 될까요?

답변: 동물 서식지 파괴에 반대하고 밀렵꾼들을 고발하세요. 멸종 위기 동물이나 그 부산물을 사고파는 행위도 금물!

*** 문제와 해법**

연례 협의회에서 회사와 관련된 여러 가지 문제점들이 제기됐다. 언급된 문제들과 함께 우리가 제안한 해법들을 소개한다.

문제: 높은 이직률

해법: 직원을 채용할 때 더 많은 노력과 주의를 기울이고, 사내 교육 프로그램을 개설한다. 매주 금요일마다 직원들의 화합을 도모하는 '해피타임'을 제도화하고, 금액적인 부분은 회사가 부담한다.

문제: 시장 경쟁 과열

해법: 회사의 주력 부문을 다시 결정해야 한다. 80-20법칙*에 맞지 않는 제품과 제품군은 생산을 중단하고 직원들이 참여하는 브레인스토밍 시간을 마련해 새로운 아이디어와 창의적인 해법들을 기대해야 한다.

옮긴이 주 : 80-20법칙은 이탈리아 경제학자 파레토가 제안한 것으로, 20%의 제품이 전체 매출과 이익의 80% 이상을 차지하도록 핵심 사업군을 정해야 생산 및 재고 관리 면에서 기업 경쟁력을 높일 수 있다는 주장이다.

기본원칙 5

비슷한 내용끼리 묶어라

하나의 주제를 완전히 마무리한 후 다른 주제로 넘어가라

동물원에 갔는데 커다란 우리 한 곳에 동물들이 전부 뒤섞여 있다면? 각각의 동물들에게도 위험할 뿐 아니라 관람객들에게도 낭패다. 동물들을 제대로 관찰하기가 거의 불가능하기 때문이다. 안타깝지만 우리가 쓴 글도 이런 모습일 때가 있다. 온갖 종류의 다양한 동물들(생각들)이 하나의 우리 안에서 제멋대로 돌아다닌다. 말로 할 때도 마찬가지지만 글을 쓸 때는 표현하려는 개념들을 적절하게 구분 지을 필요가 있다. 한 가지 생각에 대한 논의를 완전히 끝낸 다음에 다른 개념으로 넘어가는 게 가장 좋은 방법이다.

다음 글을 보자. 여러 가지 생각이 뒤죽박죽 얽혀 있다.

> 1981년에 로저 스페리 박사는 분할 두뇌 이론으로 노벨상을 받았다. 그의 이론에 따르면 두뇌는 반구 두 개로 이루어져 있으며, 각 반구의 기능은 다르지만 일정 부분은 겹친다고 한다.
> 좌뇌는 분석적, 선형적, 언어적, 이성적 사고를 담당한다. 그래서 좌뇌를 활용해서 하는 생각을 특정 사안에 주목하는 '집중 조명' 사고라고 한다. 우뇌는 포괄적이고 창의적이며 비언어적이고 예술적인 부분을 담당한다. 사람들은 수입과 지출을 꼼꼼하게 정리할 때, 이름이나 날짜를 기억하고 목표와 목적을 세울 때 좌뇌에 의존한다. 누군가의 얼굴을 떠올리거나 교향곡에 심취해 있을 때 혹은 단순한 몽상에 잠겨 있을 때는 언제나 우뇌가 작동한다. 우뇌를 활용해서 하는 생각은 여러 사안에 두루 관심을 기울이는 '탐조등' 사고라고 한다. 많은 사람들에게 유감스러운 일이지만 우뇌형 사고는 학교 현장에서는 별로 인정받지 못한다. 대부분의 서양 사상이 선형적 논리 체계를 가진 그리스 논리학에서 비롯되었기 때문에 서양 교육 제도에서는 좌뇌형 사고를 가장 높이 평가한다.
> 요컨대 두뇌의 우반구와 좌반구는 각기 다른 유형의 사고과정에 특화되어 있다. 기본적인 관점에서 보면 좌뇌는 분석적인 사고를 전담하는 반면 우뇌는 창의적인 사고와 관련돼 있다.

앞의 글은 서론, 본론, 결론이라는 모범적인 구조를 갖췄음에도 불구하고 여러 개념이 복잡하게 뒤얽혀 있어서 내용을 파악하기 힘들다. 사실 읽기조차 어렵다. 만약 지금보다 글이 더 길었다면 독자의 머릿속은 그야말로 뒤엉킨 스파게티 가닥처럼 엉망진창이 돼버렸을 것이다. 좌뇌와 우뇌의 역할을 얘기하고 있다는 것은 드러났지만 여러 가지 개념을 설명하고 보충하는 기술은 턱없이 부족한 글이다.

이제는 좀 더 정돈된 글들을 만나볼 차례다.

＊ 수정 예문 1

1981년에 로저 스페리 박사는 분할 두뇌 이론으로 노벨상을 받았다. 그의 이론에 따르면 두뇌는 반구 두 개로 이루어져 있으며, 각 반구의 기능은 다르지만 일정 부분은 겹친다고 한다. 각각의 반구는 서로 다른 유형의 사고과정에 특화되어 있다. 기본적인 관점에서 보면 좌뇌는 분석적인 사고를 전담하는 반면 우뇌는 창의적인 사고와 관련돼 있다.

좌뇌는 분석적, 선형적, 언어적, 이성적 사고를 담당한다. 그래서 좌뇌를 활용해서 하는 생각을 특정 사안에 주목하는 '집중 조명' 사고라고 한다. 사람들은 수입과 지출을 꼼꼼하게 정리할 때, 이름이나 날짜를 기억하고 목표와 목적을 세울 때 좌뇌에 의존한다. 우뇌는 포괄적이고 창의적이며 비언어적이고 예술적인 부분을 담당한다. 우뇌를 활용해서 하는 생각은 여러 사안에 두루 관심을 기울이는 '탐조등' 사고라고 한다. 누군가의 얼굴을 떠올리거나 교향곡에 심취해 있을 때 혹은 단순한 몽상에 잠겨 있을 때는 언제나 우뇌가 작동한다.

대부분의 서양 사상이 선형적 논리 체계를 가진 그리스 논리학에서 비롯되었기 때문에 서양 교육 제도에서는 좌뇌형 사고를 가장 높이 평가한다. 많은 사람들에게 유감스러운 일이지만 우뇌형 사고는 학교에서 별로 인정받지 못한다.

위의 예문 역시 서론, 본론, 결론으로 이어지고 있다. 그중 두 번째 단락의 구조를 구체적으로 살펴보자. 첫 번째, 두 번째 문장에서 좌뇌의 사고를 설명하고 세 번째 문장에서 좌뇌를 활용한 사고의 예를 들었다. 그런 다음 다시 두 문장을 할애해 우뇌의 사고를 설명하고, 이어지는 문장에서 그 예를 들었다. 세 번째 단락을 보자. 여기에서는 좌뇌와 우뇌로 사고했을 때 나타나는 각각의 결과를 설명했다.

*** 수정 예문 2**

1981년에 로저 스페리 박사는 분할 두뇌 이론으로 노벨상을 받았다. 그의 이론에 따르면 두뇌는 반구 두 개로 이루어져 있으며, 각 반구의 기능은 다르지만 일정 부분은 겹친다고 한다. 각각의 반구는 서로 다른 유형의 사고과정에 특화되어 있다. 기본적인 관점에서 보면 좌뇌는 분석적인 사고를 전담하는 반면 우뇌는 창의적인 사고와 관련돼 있다.

좌뇌는 분석적, 선형적, 언어적, 이성적 사고를 담당한다. 그래서 좌뇌를 활용해서 하는 생각을 특정 사안에 주목하는 '집중 조명' 사고라고 한다. 사람들은 수입과 지출을 꼼꼼하게 정리할 때, 이름이나 날짜를 기억하고 목표와 목적을 세울 때 좌뇌에 의존한다. 대부분의 서양 사상이 선형적 논리 체계를 가진 그리스 논리학에서 비롯되었기 때문에 서양 교육 제도에서는 좌뇌형 사고를 가장 높이 평가한다.

우뇌는 포괄적이고 창의적이며 비언어적이고 예술적인 부분을 담당한다. 우뇌를 활용해서 하는 생각은 여러 사안에 두루 관심을 기울이는 '탐조등' 사고라고 한다. 누군가의 얼굴을 떠올리거나 교향곡에 심취해 있을 때 혹은 단순한 몽상에 잠겨 있을 때는 언제나 우뇌가 작동한다. 많은 사람들에게 유감스러운 일이지만 우뇌형 사고는 학교에서 별로 인정받지 못한다.

위의 예문 역시 세 단락으로 이루어진 기본적인 구조다. 서론에 이어서 각각 한 단락씩을 할애해 좌뇌형 · 우뇌형 사고에 대해 설명하고 있다. 일단 두 번째 단락부터 보자. 좌뇌형 사고의 특성을 두 문장에 걸쳐 설명하고, 세 번째 문장에서 그것을 활용한 사례를 보여준 다음, 좌뇌형 사고의 영향력으로 마무리 지었다. 세 번째 단락 역시 마찬가지다. 두 문장에 걸쳐 우뇌형 사고의 특성을 설명하고 이어지는 문장에서 우뇌형 사고의 활용 사례를 제시했다. 마지막으로 우뇌로 사고했을 때의 결과를 한 문장으로 정리했다.

뼈대를 보면 어떤 종류의 동물인지 알 수 있다.
이처럼 구조는 내용물에 영향을 미친다.
가장 중요한 개념에 좀 더 관심을 집중시키고 싶은가.
그렇다면 그것을 가장 먼저 다루어라.

Part 2
문체

마음을 움직이는 글쓰기의 비밀

아내가 목사님의 설교 주제가 무엇이었냐고 묻자

캘빈 쿨리지는 "죄"라고 대답했다.

다시 아내가 무슨 내용이었냐고 묻자

그는 "죄를 짓지 말래"라고 답했다.

쿨리지는 말수가 적은 사내다.

아무도 그와 살고 있는 쿨리지 부인을 부러워하지 않는다.

— 프랭크 로렌스 루카스 —

기본원칙 6

뒷받침하라

구체적이고 분명한 단어를 사용해 요지를 보충하라

좋은 글과 평범한 글을 결정짓는 가장 큰 차이점은 무엇일까? 그것은 바로 구체적이고 확실한 사례를 제시할 수 있느냐 없느냐에 달려 있다. 예를 들어 사과를 주제로 글을 쓴다고 해보자. 사과의 품종은 무수히 많다. 골든 딜리셔스, 갈라, 후지, 매킨토시, 그래니 스미스 등등. 그중에서 어떤 사과를 다룰 것인가? 당신이 선택한 사과의 색깔과 모양은 어떤가? 맛과 질감은 어떤가? 주로 어느 지역에서 재배되는가? 이번에는 비즈니스와 관련된 사례를 한번 살펴보자. 회사 이익이 줄어드는 추세라는 소식을 들었다고 가정해보자. 구체적으로 어떤 상황인가? 판매량이 줄어들었나? 판매 가격이 낮아졌나? 비용이 높아졌나? 이들 중 한 가지가 원인이라면 그것의 규모는 어느 정도인가?

다음 문장들의 차이를 한번 살펴보자.

회사 수익이 줄어들었다. → 너무 포괄적인 문장

비용이 높아진 탓에 회사 수익이 줄어들었다. → 조금 나아졌지만 여전히 애매한 문장

전체 비용이 20% 높아지면서 회사 수익이 10% 줄어들었다. → 구체적인 문장

전체 비용이 20% 높아지면서 회사 수익이 10% 줄어들었다. 특히 크게 늘어난 인건비가 비용을 높인 주요한 원인이었다. 인건비가 늘어난 것은 임원들에 대한 보상액이 늘어났기 때문이다. 공장 직원들의 경우 초과 근무시간이 줄어들면서 오히려 임금은 5% 줄어들었다. → 매우 구체적인 문장

시간이 흐른 뒤에도 머릿속에 남아 있는 것은 무엇일까? 그것은 바로 구체적인 내용과 사례다. 다음에 제시된 두 가지 예문을 비교해보자. 과학을 바라보는 대중의 태도를 설명하고 있다.

1

과학을 바라보는 미국 대중의 태도에는 맹신과 경외감이 뒤섞여 있다. 구전을 통해 내려오는 신기한 이야기들 속에 등장하는 과학자들은 주로 혼자 있기를 좋아하는 천재에 가깝다. 그런 식으로 대중의 상상 속에 자리 잡은 과학에 대한 흥미로운 이미지는 대규모 실험실이 존재하는 오늘날에도 흔들림이 없다.

2

과학을 바라보는 미국 대중의 태도에는 맹신과 경외감이 뒤섞여 있다. 구전을 통해 내려오는 신기한 이야기들 속에 등장하는 과학자들은 주로 혼자 있기를 좋아하는 천재에 가깝다. 그런 식으로 대중의 상상 속에서는 여전히 라이트 형제가 자신들의 자전거포에서 최초의 비행기를 발명하고, 토머스 에디슨이 자석 몇 개와 철사 몇 가닥만 가지고서 신비한 전기의 비밀을 파헤친다. 그러한 흥미로운 이미지는 대규모 실험실이 존재하는 오늘날에도 흔들림이 없다. 하지만 실제로 실험실에서 일하는 과학자들은 세분화된 연구주제들을 해결하기 위해 고도로 전문화된 교육을 받는다.

위 예문 중 두 번째 글을 보자. 라이트 형제와 토머스 에디슨을 활용한 덕분에 글쓴이가 말하고자 하는 것을 구체적으로 그려볼 수 있게 됐다.

아래의 메모들을 살펴보자. 어떤 메모를 읽었을 때 당장 축제현장으로 달려가고 싶어지는가.

1

캘거리 스탬피드 축제가 7월 첫째 주에 열릴 예정입니다. 다양한 체험활동과 즐길 거리, 맛있는 먹을거리가 기다립니다. 카우보이모자와 부츠를 꼭 챙기세요. 우리 거기서 만나요!

2

캘거리 스탬피드 축제가 7월 첫째 주에 열릴 예정입니다. 20가지가 넘는 놀이기구와 푸짐한 먹을거리들(작은 도넛들은 꼭 맛보시길!)이 당신을 기다립니다. 컨트리 음악 라이브 공연과 캐나다 원주민 관련 전시회도 열립니다. 사람들로 북적이는 주점과 대규모 카지노도 있습니다. 아이들을 위한 행사도 다양합니다. 동물들을 직접 만져볼 수 있는 동물원과 마술 묘기, 커다란 동물 봉제인형을 상품으로 주는 다양한 게임도 준비되어 있습니다. 특히 축제 첫날을 놓치지 마세요. 멋지게 장식한 차량들이 화려한 퍼레이드를 펼칩니다. 밧줄로 송아지 옭아매기, 황소 위에서 오래 버티기, 마차 경주 등이 포함된 로데오 행사는 매일 진행됩니다. 저녁마다 환상적인 불꽃놀이도 펼쳐집니다. 우리 거기서 만나요!

두 번째 메모가 좀 더 마음을 사로잡는다. 그런데 이 메모가 첫 번째 메모보다 더 길다는 점에 주목하자. 글은 모름지기 간결해야 좋다고 했는데, 어째서 이 경우에는 더 짧은 메모가 더 별로인 것일까. 글을 짤막하게 쓰면서 세부적인 내용을 다 담기란 어렵다. 세부적인 내용을 충분히 쓰고 나면 글은 길어지게 마련이다. 하지만 그렇다고 해서 언제나 글이 장황해지는 것은 아니다. 글의 요지를 충분히 뒷받침하려면 더 많은 문장들이 필요하지만 최소한의 단어들로 문장을 쓴다면 간결함을 유지할 수 있다.

다음의 예문들은 좀 더 흥미로울 것이다. '종이책은 멋지다'는 주장을 더 잘 드러내고 있는 글은 무엇인가.

1

종이책은 경이로운 도구다. 정보와 즐거움을 줄 뿐만 아니라 늘 곁에 있어준다.

2

종이책은 근대 기술의 획기적인 발명품이다. 전선이나 회로는 물론 배터리도 필요 없다. 콘센트에 연결하거나 스위치를 켜야 하는 번거로움도 없다. 사용법이 쉬워서 어린 아이도 다룰 수 있다. 책장만 넘기면 되지 않는가! 작아서 들고 다니기 편하니 어디서나 사용할 수 있다. 난로 옆 안락의자에 앉아서도 볼 수 있다. 그런데도 CD 한 장 분량만큼이나 많은 정보가 담겨 있다.

작동 방식은 이렇다. 언제든지 집어서 펼치기만 하면 끝! 갑자기 고장이 나거나 재시동을 걸어야 하는 일도 없다. 훑어볼 수 있기 때문에 어느 페이지로든 바로 옮겨갈 수 있고 앞으로든 뒤로든 원하는 방향으로 읽어나갈 수 있다. 요새는 색인이 달린 책들이 많아서 필요한 정보가 있는 곳을 정확히 알려주기 때문에 바로바로 찾아볼 수 있다. 뿐만 아니라 책 내용 옆에 별도의 프로그래밍 도구(연필: 썼다 지울 수 있는 뾰족한 휴대용 암호식 의사소통 언어 표시기구)를 사용해 개인적으로 메모도 할 수 있다.

이제 컴퓨터 시대의 종말이 오는가? 미래에는 책(체계적으로 구성된 지식저장장치)이 주요한 오락거리가 될 것이다.

아뿔싸! 의미가 애매한 단어를 길게 늘어놓을수록 글의 힘은 약해진다. 독자가 단어의 의미를 생각하느라 정작 글의 요지나 문체에 집중할 수 없기 때문이다. 뒷받침하는 내용을 쓸 때는 단박에 이해할 수 있는 묘사와 구체적인 단어를 선택해야 한다. 물론 그것을 위해 평소보다 많은 단어를 써야 할 때도 있다. 괜찮다. 불필요한 단어를 지우는 것도 중요하지만, 적절한 문장을 사용해서 말하고자 하는 바를 제대로 뒷받침하는 일이 훨씬 더 중요하다.

구체적인 사례는 글을 특별하게 만든다

대부분의 글이 두루뭉술하게 느껴지는 이유는 너무나 일반적인 내용을 쓰기 때문이다. 이런 실수는 학문적인 글은 물론 업무용 문서에서도 종종 발견된다. 구직 지원서나 대학입학용 자기소개서에서도 다음과 같은 문장을 자주 볼 수 있다. '대인 관계 능력이 뛰어나다', '의사소통 능력이 우수하다', '분석 능력이 좋다'…… 흠, 그래서 어떻다는 얘기인가?

"근거 없는 주장은 이유 없이 거부당하기 쉽다"는 토론을 잘하는 사람들이 좋아하는 격언 중 하나다. 만약 누군가가 "자주색 물방울무늬 비키니는 흉측해"라고 얘기한 다음 그 이유를 말하지 않는다면, 그 말을 듣고 있던 사람도 별 이유 없이 "아니, 네 말은 틀렸어"라고 부정해 버릴 수 있다는 이야기다. 이럴 때 유용한 기술은 '예를 들면'을 사용하는 것이다. 초고 단계에서 강조하고 싶은 내용 뒤에 일단 '예를 들면'이라고 써놓아라. 이렇게 하면 나중에 주장을 확실하게 뒷받침할 수 있다.

잠깐! 여기서 짚고 넘어가야 할 현실적인 문제가 있다. 초고에 적어둔 '예를 들면'이라는 표현을 최종 원고에 남겨둘지 삭제할지는 스스로 결정해야 한다. 글에 담긴 여러 가지 생각과 핵심 근거들을 매끄럽게 연결시키고 싶다면 신중하게 고민해봐야 할 문제다.

다음 예문을 보자.

＊ 지원서에 적힌 문장:

저는 활달하고 사명감이 강하며 창의적이고 부지런할 뿐만 아니라 정직하고 꼼꼼하면서도 재미있고 책임감이 강하고 융통성과 더불어 패기가 있는 사람입니다.

＊ 지원서 검토자의 머릿속:

정말 지루하군. 구체적인 예도 없고!

글쓰기에 서투른 사람들은 특성들을 '쇼핑목록처럼' 나열하기에 바쁘다. (자기소개서를 쓰면서) 자신을 설명할 때나 (추천서에서) 다른 누군가의 특징을 서술할 때 이런 실수를 저지른다. 10여 가지나 되는 특성에 각각 근거를 대기란 불가능하다. 이보다는 두세 가지 특징을 골라 좀 더 자세하게 설명하는 것이 바람직하다.

＊ 잘못된 예 1

지원서에 적힌 문장:

아시아와 유럽에서 어린 시절을 보냈기 때문에 동양적인 관점과 서양의 관점을 모두 경험했습니다.

지원서 검토자의 머릿속:

아시아의 관점과 서양의 관점이라는 게 도대체 뭐지?

＊ 잘못된 예 2

지원서에 적힌 문장:

비록 ABC 컴퍼니가 크게 발전하지는 못했지만 시도는 성공적이었다고 생각합니다. 제가 가진 사업 능력의 강점과 약점을 파악할 수 있었기 때문입니다.

지원서 검토자의 머릿속:

무슨 강점과 약점?

＊ 잘못된 예 3

지원서에 적힌 문장:

사업을 직접 운영하면서 관리능력을 키웠을 뿐만 아니라 기업가에게 일상적으로 닥칠 수 있는 난관들을 눈으로 확인하고 몸소 경험했습니다.

지원서 검토자의 머릿속:

도대체 어떤 난관?

다음의 예문을 보자. 구체적인 세부내용을 더하기만 해도 빈약한 글이 얼마나 풍부해지는지 잘 알 수 있다.

＊ 원문 1

나는 일관성이 없는 환경에서 자랐다. 나는 영국 식민지에 사는 영국인 소녀였다. 13년간 국제학교에 다녔는데, 초등학교 시절에는 무려 28개국 출신의 아이들이 같은 학교에 모여 있었다.

＊ 좋아진 글

나는 일관성이 없는 환경에서 자랐다. 나는 영국 식민지에 사는 영국인 소녀였다. 13년간 국제학교에 다녔는데, 초등학교 시절에는 무려 28개국 출신의 아이들이 같은 학교에 모여 있었다. 특히 4학년 때 준비했던 세계의 날 행사가 기억에 남는다. 모두들 전통의상이나 민족 고유의 옷을 입고 전통음식을 가져왔다. 영국은 딱히 민족의상이라고 할 만한 게 없었기 때문에 나는 전형적인 잉글랜드 아가씨처럼 옷을 입고 생강이 들어간 달콤한 요크셔 케이크를 가져갔다.

＊ 원문 2

나는 메인 주의 농촌 가정에서 자랐다. 가족들은 모두 스코틀랜드 출신이었지만, 우리 집은 뉴잉글랜드 지역에서 흔히 볼 수 있는 평범한 가정이었다. 지금 생각해보면 평화롭고 행복한 어린 시절을 보냈던 게 내 인생에서 가장 큰 축복인 것 같다. 부모님은 내게 최상의 교육과 최선의 양육을 제공해주셨다. 언제나 사람들과 환경을 보호하고 존중해야 한다고 가르치셨다. 정직과 겸손의 중요성과 함께 허세가 얼마나 어리석은 행동인지도 강조하셨다.

＊ 좋아진 글

나는 메인 주의 농촌 가정에서 자랐다. 가족들은 모두 스코틀랜드 출신이었지만 우리 집은 뉴잉글랜드 지역에서 흔히 볼 수 있는 평범한 가정이었다. 지금 생각해보면 평화롭고 행복한 어린 시절을 보냈던 게 내 인생에서 가장 큰 축복인 것 같다. 부모님은 내게 최상의 교육과 최선의 양육을 제공해주셨다. 박물관과 도서관은 물론 발레교습소에도 데려가셨다. 부모님은 언제나 사람들과 환경을 보호하고 존중해야 한다고 가르치셨고 직접 모범을 보임으로써 교훈을 주셨다. 내 나이 네다섯 살 때 들판에서 오빠들과 장난을 치다가 그만 들판에 불이 붙고 말았다. 바람에 일어난 불길은 순식간에 들판을 집어삼켰고, 곧이어 우리 집과 헛간 쪽으로 무섭게 번졌다. 그러나 부모님은 가까스로 불길을 잡으신 후에도 별 말씀이 없으셨다. 우리가 진심으로 자책하고 후회하고 있다는 것을 아셨던 것이다. 우리는 바람 부는 날 메마른 들판에서 성냥을 갖고 노는 것이 얼마나 어리석은 짓인지 깨닫게 되었다. 뿐만 아니라 자비와 용서의 은혜

로움도 알게 됐다. 어머니는 또 다른 방법으로 정직의 중요성도 일깨워 주셨다. 우리가 가게에서 풍선을 훔쳤을 때 어머니는 한 사람씩 용서를 빌게 하셨다. 게다가 생일 때 용돈을 받으면 풍선 값을 치르겠다고 약속하라고 시키셨다. 가게 주인 앞에 섰을 때 느꼈던 부끄러움을 어떻게 잊을 수 있을까. 더욱이 그분이 풍선을 그냥 가져도 좋다고 고집하셔서 오히려 죄책감이 더 커졌던 기억이 지금까지도 생생하다.

보충하고 또 보충하라

다음에 나올 두 예문은 대학원 입학 전형이나 이직 과정에서 흔히 볼 수 있는 추천서다. 학교나 직장과 관련된 다른 많은 문서들처럼 다음 글에도 사례와 인용, 일화 등의 구체적인 근거가 있었다면 훨씬 좋았을 것이다. 어떤 표현을 쓸 때 단지 '그건 그렇다'에서 끝내지 말고, '그래서 그건 그렇다'라고 써야 한다. 왜 그것에 대해 썼는지 그 이유를 뒷받침하는 문장을 잊지 말아야 한다.

학업 관련 추천서

입학 담당자님께

리처드 타일러의 추천인 자격으로 이 글을 쓰게 되어 영광입니다. 제가 리처드와 알고 지낸 지 14년이 되었습니다. 직장 동료의 아들로서 리처드를 처음 만났을 때가 떠오릅니다. 그 후에 리처드가 제록스에 입사했고 제 회계 담당자이자 재무 분석가로 일하게 되면서 인연은 다시 이어졌습니다.

리처드는 제록스에서 근무하는 동안 회사에 상당한 기여를 했습니다. 개인적으로는 기존 시스템과 절차를 새롭게 혁신하려는 의욕과 뛰어난 창의력을 강조하고 싶습니다.

관심 범위가 넓다는 점도 주목할 만한 부분입니다. 회계 및 계량적 분석이라는 구체적이고 확실한 전문분야를 가졌음에도 불구하고 일본까지 건너가서 학업 및 국제적 경험을 쌓았습니다.

첨단기술을 다루는 다수의 기업에서 32년간 재무관리를 담당한 경험과 수년간 다양한 구직자들과 대학졸업생들을 만나본 경험에 비추어볼 때 리처드는 귀하의 대학원 지원자 중 상위 10퍼센트 안에 든다고 자신합니다.

미국 제록스 시스템 재무 담당 부사장 겸 최고 재무 책임자

프랭크 B. 무어 주니어 드림

학업 추천서를 살펴보자. 이 추천서는 대학원 입학에 필요한 전통적인 추천서의 양식을 따르고 있다. 추천인과 지원자와의 관계를 최소한으로 언급하고 지원자에 대한 평가를 같은 대학원에 지원한 다른 후보자들과 비교해 상위 10퍼센트라는 수치로 나타냈다. 그런 점에서는 탄탄한 구성을 갖추었다고도 볼 수 있다. 그러나 내용을 뒷받침할 수 있는 구체적인 사례들을 번번이 지나친 점이 아쉽다. 이 추천서를 검토한 사람이라면 "개인적으로는 기존 시스템과 절차를 새롭게 혁신하려는 의욕과 뛰어난 창의력을 강조하고 싶습니다"라고 말한 대목에서 의문을 가질 만하다. 기존 시스템과 절차를 어떻게 혁신했다는 말일까 하고 말이다. 사실 대단히 훌륭한 추천서는 지원자의 포부와 함께 앞으로 개선되면 좋을 점들도 함께 언급한다. 추가적으로 지원자와 관련된 구체적인 일화를 소개하거나 제3자의 평가를 인용할 때도 있다.

취업 추천서

담당자님께

주디스는 최근 새롭게 문을 연 에이본 화장품의 홍콩지점 판매사원으로 일했습니다. 처음에 맡은 업무는 전화응대 및 방문고객 안내 임무였습니다. 홍콩 지점은 에이본 인터내셔널의 새로운 중심지입니다. 홍콩과 중국고객을 겨냥한 여성용 액세서리 품목을 처음 선보인 곳이기도 합니다. 주디스는 직원에게 할당된 품목 판매량을 초과 달성했을 뿐만 아니라 이 지역 고유의 상품들을 응용하고, 제품을 수정하고, 포장하는 것에 거의 전문가 수준의 역량을 보였습니다.

게다가 조직생활에 아주 탁월해서 동료들은 물론 고객들과도 대단히 좋은 관계를 맺고 있습니다. 동료들은 주디스의 충고에 귀를 기울이고 고객들은 매번 그녀의 도움을 받아 물건을 구매합니다. 우리는 주디스가 마케팅 및 판매기술을 꾸준히 향상시켜나가는 모습도 지켜봤습니다. 주디스가 해외로 나갈 계획을 세우지 않았더라면 우리는 그녀에게 에이본 베이징 사무소 책임자 자리를 제안해 관리업무는 물론 중국시장 개척을 위한 판매인력 교육까지 맡길 생각이었습니다.

에이본 홍콩 지점을 개장하고 주디스를 직접 채용한 사람으로서 저는 주디스 같은 인재를 발굴했다는 사실에 대단한 자부심을 느낍니다. 정식으로 비즈니스 교육을 받은 적은 없지만 그녀는 재능 있고 부지런하고 혁신적이기까지 합니다. 우리는 진심으로 주디스를 놓치고 싶지 않습니다. 저는 그녀만큼 마케터로서의 잠재력이 뛰어난 사람을 만나보지 못했습니다. 그래서 이 추천서도 전폭적인 지지와 열정을 담아 쓰고 있습니다. 주디스는 귀사가 자랑스러워할 만한 직원이 될 것입니다.

에이본 화장품 홍콩 지점장 엘리자베스 리 드림

이제는 취업 추천서를 한번 들여다보자. 이 추천서는 호의적이고 편안하다. 그래서 따뜻하고 인간미가 느껴진다. 다만 추천인의 말을 뒷받침할 구체적인 근거가 부족해 보인다. 예를 들어 이 추천서를 읽은 검토자라면 주디스가 할당된 판매량을 얼마나 초과 달성했는지, 그것이 1퍼센트인지 200퍼센트인지 알고 싶어 할 것이다. 더불어 홍콩 지점의 전체 매출이 얼마나 증가했으며 그것에 주디스가 어느 정도 기여했는지 궁금할 것이다. 또한 주디스가 홍콩 시장을 겨냥해서 기존 상품들을 어떻게 수정했으며, 어떻게 새롭게 포장했는지에 대한 사례도 필요하다. 검토자가 틀림없이 관심을 가질 만한 내용이기 때문이다. 주디스를 평가한 고객의 말을 인용하는 것도 좋은 방법이다. 덧붙여 내용상 균형을 유지하려면 주디스의 약점도 함께 언급하는 것이 좋다.

필요 없는 말을 덜어내는 작업은 중요하다.
하지만 가장 중요한 작업은 아니다.
그것은 두 번째로 중요하다.
가장 중요한 작업은 생각을 충분히 뒷받침하는 것이다.
글에 신뢰를 부여하고 기억에 오래 남도록 도와주는 것은
구체적인 내용이다.

연습문제

구체적인 설명을 덧붙이면 문장은 더욱 명확해집니다. 아래에 나와 있는 문장들 역시 구체적인 설명을 덧붙임으로써 좀 더 명확한 문장이 될 수 있습니다. 각각의 문장들에서 구체적인 설명이 필요한 부분들을 찾아보세요. 그리고 가능하면 상상력을 발휘해 다시 써보세요. 답은 158쪽에 있습니다.

예) 조니에게는 개와 고양이가 있다.

→ 조니에게는 독일산 개와 샴 고양이가 있다.

1. 휴가비용이 비쌌다.

2. 무지개는 색깔이 다채롭다.

3. 쉴라는 키가 크고 예쁘다.

4. 많은 경제학자들이 지금의 경기 침체를 연방준비은행 탓이라고 생

각한다.

5. 옥외 광고를 하면 매출이 확실히 증가하기 때문에 기업들은 이를 활용해야 한다.

6. 팀은 조심성 없는 사람이다.

7. 그 참가자는 쉬운 지리문제를 틀리는 바람에 첫 번째 단계에서 탈락했다.

8. 가게 안에 상품들이 가득했다.

9. 존스 씨 부부는 다정한 한 쌍이다.

기본원칙 7

경험을 더하라

오랫동안 기억에 남는 글을 쓰려면 개인적인 경험을 덧붙여라

구체적이고 명확한 단어를 사용해 주장을 뒷받침하라는 여섯 번째 기본원칙은, 모든 종류의 글쓰기에 가장 필요한 기술이다. 단 그 기술과 지금 얘기할 일곱 번째 원칙을 함께 사용하면, 와우, 그 효과는 배가된다. 심지어 대화를 나눌 때조차 이 조합은 유용하다. 일단 '나'라는 인칭대명사에 대한 두려움을 떨쳐버려라. 개인적인 경험을 더하려고 할 때면 필연적으로 '나'라는 단어를 자주 쓰게 되는데, 그렇다고 글이 유치해지는 것은 아니다. '나'를 사용하면 주제를 좀 더 개인적이고 구체적인 방식으로 다룰 수 있다. 그리고 대부분의 독자들은 글에 표현된 상황이 글쓴이(혹은 화

자)의 사적인 경험과 어떻게 연결되는지 알고 싶어 한다.

예를 하나 들어보자. '나이젤은 너무 바빠서 놀 시간이 없다'는 문장은 일반적인 진술에 불과하다. 하지만 이 문장에 구체적인 경험을 더하면 느낌은 사뭇 달라진다. '나이젤은 저녁마다 지역조합에서 일을 하지만, 집에 돌아온 후에도 다음 날 수업을 위해 곧바로 숙제를 시작한다.' 어떤가. 같은 얘기를 하고 있지만 훨씬 더 개인적인 문장이 됐다. 이렇게 경험을 예로 덧붙이면 기억에 훨씬 오래 남는다. 다음에 나오는 예문들은 경험을 덧붙였을 때와 그렇지 않았을 때 어떤 차이점이 있는지 보여준다. 구체적인 사례는 글쓴이의 결론을 강화해준다. 즉 글쓴이가 이런저런 경험을 통해 그러한 결론에 이르렀다는 것을 독자에게 알려주는 역할을 한다.

잠깐! 학술 논문이나 업무 보고서처럼 형식을 갖춘 글을 쓸 때는 '나'라는 대명사를 피하라. 공식적인 글에서는 글쓴이의 사적인 의견보다 연구나 기록이 더 중요하다.

＊ 예문 1

요점: 나는 분석적인 사고력을 갖고 있다.

일반적인 내용을 근거로 들었을 때

나는 재무제표에 적힌 숫자들을 읽고 해석하는 데 분석적인 사고력을 활용한다. 분석적인 사고력은 내가 올바른 의사결정을 하는 데 도움을 주는 객관적인 수단이자 근거이다.

구체적인 경험을 근거로 들었을 때

액센츄어 컨설팅 회사에서 일한 경험을 통해 분석적인 사고력을 효과적으로 키울 수 있었다. 나는 그곳에서 사람들의 말을 곧이곧대로 받아들이지 않고, 재무현황을 분석해 정확한 사실을 파악하는 법을 배웠다. 높은 비용을 문제 삼는 고객이 있다면, 일단 나는 전체 비용을 요소별로 나누어 체계적으로 분석하는 것부터 시작했다. 어떤 항목에 어느 정도의 비용이 들어가는지 확인한 다음 각 비용에 얽힌 내역을 조사했다. 그렇게 하면 진짜 문제는 높은 비용이 아니라 다른 곳에 있다는 것이 밝혀지곤 했다.

＊ 예문 2

요점: 세상에는 굶주림으로 고통받는 사람들이 있다.

일반적인 내용을 근거로 들었을 때

커다란 눈과 뼈밖에 안 남은 그들의 모습을 보면 알 수 있다.

구체적인 경험을 근거로 들었을 때

> 하지만 정작 잊을 수 없는 것은 그들의 얼굴이다. 다 쓰러져가는 허름한 오두막집 창문 뒤에서 나를 바라보던 무표정한 얼굴, 멍한 눈동자가 악몽처럼 떠오른다. 생기 없이 움푹 들어간 눈, 등가죽에 달라붙은 피부, 구걸하듯 내민 손, 힘없이 애원하는 흐릿한 시선. 나는 꿈속을 걷듯이, 굶주림의 고통에 시달리는 사람들 사이를 휘적휘적 걸어갔다.

두 번째 예문은 영화 〈가장 위험한 해(The Year of Living Dangerously)〉의 한 장면을 활용한 것이다. 1960년대 중반 인도네시아에 체류했던 젊은 기자의 경험을 그리고 있는데, 그중 구체적인 경험을 덧붙인 글을 유심히 살펴보자. 이 글은'주장하지 말고 그림을 그리듯 보여주어라'는 글쓰기의 오래된 격언을 충실히 따르고 있다. 이렇게 정서를 건드리는 방식으로 글을 쓰면, 독자들은 그 내용을 마치 자신이 직접 경험한 것처럼 받아들인다.

경험을 덧붙이는 방법은, 대학교나 대학원에 지원하는 학생들에게도 유용하다. 경쟁이 치열한 대학에 입학하기 위해서는, 지원자가 교과목 이외의 여러 활동에 직접 참여했다는 근거를 확실하게 보여줘야 한다. 그런데도 대부분은 과외활동의 종류와 참여시간을 언급하는 수준에 그치고 만다. 다음의 예시를 보자. 이 글처럼 각 항목에 적절한 근거를 제시하고, 개인적으로 경험한 구체적인 사례까지 더하면 자기소개서는 강력한 무기로 재탄생한다.

학교 대표 토론단

산타로사 고등학교 | 2010년 9월부터 2011년 5월까지

참여시간

평균적으로 일주일에 7~10시간. 자료 찾는 시간은 별도 할애.

활동내용

전국 고등학생 토론대회 및 각종 말하기 대회에 참여. 포모나 대회와 웨스트 코스트 챌린지 등 지역 토론대회 두 곳에서 우승.

요약

토론을 통해 배운 세 가지

- 주장할 내용을 일관성 있게 구성하고 뒷받침하는 법
- 긴장된 상황에서도 조리 있게 말하는 법
- 자료를 꼼꼼하게 조사하는 기술

토론팀에서 활동한 덕분에 어떤 주장을 내세우든 그것의 양면성을 언제나 염두에 두어야 한다는 것을 배웠다. 어떤 주장이든 그것을 지지하는 의견이 있고, 반대하는 의견이 있기 때문이다. '대조해봐야 깨달음을 얻는다'는 철학의 원리를 이해한 것도 이 활동을 통해서였다.

문학적인 기법을 활용해 힘을 불어넣는 방법도 있다. 사례나 통계를 사용해 논지를 뒷받침하거나 아래 제시된 작문기법들을 사용할 수도 있다.

일화

일화는 짧은 이야기를 뜻한다. 아래의 예문을 보자. 다른 사람의 충고에 휩쓸리지 말고 자신의 길을 가야 한다는 주장을 뒷받침하기 위해 일화를 사용했다.

> 이런 상황에서 떠오르는 한 가지 일화가 있다. 자신의 재능을 의심하는 한 어린 바이올린 연주자가 있었다. 그 소녀는 과연 자신이 명연주자라는 꿈을 이룰 수 있을지 의심스러웠다. 우연히 유명 바이올리니스트를 만나게 되었을 때 그 소녀는 "제 연주를 들어보시고 제가 최고의 바이올리니스트가 될 수 있는지 말해주시겠어요?"라고 부탁했다. 그러자 유명 바이올리니스트가 이렇게 되물었다. "내가 재능이 부족하다고 말하면 어떻게 할 생각인데 그러니?" 소녀가 대답했다. "제게는 선생님의 의견이 중요하기 때문에 바이올린을 그만둘 생각이에요." 이 말을 들은 바이올리니스트는 이렇게 말했다. "내 말 한마디에 바이올린을 그만둘 수 있다면 최고의 바이올리니스트가 될 만한 소질이 없는 게 분명하구나."

인용구

글에 인용구를 넣는 것은 설득력을 높이는 좋은 방법이다. 특히 유명인사나 잘 알려진 이들의 말을 활용하면 효과적이다. 인용구를 잘 선택하면 지적이고 세련되어 보인다. 하지만 기억력에 의존해서 적절한 표현을 찾아내기란 쉽지 않다. 약간의 자료조사가 필요할 수도 있다. 유명인사의 어록을 모아놓은 책이나 인터넷의 관련 사이트를 찾아볼 수 있다.

비유

서로 다른 두 가지를 비교해서 비슷한 점을 찾아 보여주는 것을 비유라고 한다. 이렇게 하면 독자들이 글에 표현된 관계를 더욱 명확하게 이해할 수 있다. 예를 들어 판매 활성화, 특히 제조부서와 판매마케팅 부서의 관계가 얼마나 중요한지 알려주는 글을 쓰고 싶다면 비유기법이 효과적이다.

'제조부서에서 총알을 만들면, 마케팅부서는 목표를 향해 총을 겨누고, 판매부서는 방아쇠를 당긴다.'

이 같은 비유를 통하면 제조부서가 상품생산을 담당하고, 마케팅 부서는 판매처를 결정하며, 판매부서는 실제로 현장에 나가 판매를 유도한다는 개념을 효과적으로 심어줄 수 있다.

다른 예를 보자. 성격과 기분의 개념이 어떻게 다른지 설명할 때는 '기후와 날씨'에 비유하는 게 좋다. '성격은 기후와 비슷한 반면 기분은 날씨와 비슷하다.' 어떤가. 설명이 조금 더 친절해졌다.

직유와 은유

'~같이'나 '~처럼'을 사용해서 서로 다른 두 가지를 비교하는 기법을 직유라고 한다. 다음의 문장이 바로 그 예다. '예리한 사고력은 칼처럼 날카롭게 복잡한 문제의 단면을 들여다본다.' 직유는 비교적 쉽게 사용할 수 있기 때문에 생각을 표현하는 강력한 무기로 활용할 수 있다.

'그는 강심장이다.' 이 문장은 은유를 사용했다. 직유처럼 '~같이'나 '~처럼'을 사용하지 않고 '이것은 저것이다'는 식으로 표현하는 방식을 은유라고 한다. 직유나 은유는 상징적인 비교다. '신디는 수잔보다 키가 크다'는 문장은 '키'라는 실체를 직접 비교하고 있지만, 직유나 은유는 실체 대신 속성을 비교해서 독자의 이해를 돕는다.

일상적인 글쓰기는 대부분 설명문의 형식을 띠고 있지만 위에 나열한 문학적 기법들을 두루 활용하면 좋다. 홍보용 메일이 대표적인 예다. 비즈니스 세계에서도 읽는 이의 관심을 사로잡으려면 매일같이 창의성을 발휘해야 한다.

다음은 홍보를 목적으로 한 메일의 첫 문장들이다.

- 동기부여 & 인재개발 사업을 하는 회사는 직유법으로 시작했다.
  목적이 없는 사람은 방향키 없는 배와 같습니다.

- 와인 유통회사는 비유를 사용했다.
  좋은 와인과 유능한 의사 사이의 공통점은 무엇일까요? 둘 다 수명 연장에 도움이 된다는 사실입니다!

- 번지점프 회사는 은유를 사용했다.
  당신은 강심장입니까?

연습문제

아래 질문을 읽어본 후, 한 문장으로 된 답을 여러 개 적어보세요. 이런 난해한 질문을 읽고 5~6개 정도의 답을 생각해낼 수 있다면 현실에서 일상적인 용도로 글을 쓰는 것이 훨씬 쉽게 느껴질 것입니다. 답은 159쪽에 있습니다.

질문: 좋은 아이디어는 빙산과 어떤 공통점이 있을까요?

기본원칙 8

쉬운 표현이 정답이다

생각을 제대로 표현하고 싶다면 쉬운 단어를 선택하라

글을 간결하게 쓰고 싶은가. 그렇다면 더 쉽고 더 간단한 단어를 사용하라. 동사나 명사, 형용사처럼 형태가 딱 떨어지는 단순한 단어들이 실제로는 더 포괄적인 의미를 나타낼 수 있다. 형태가 복잡한 단어들일수록 오히려 더 구체적인 의미를 갖는다. 따라서 짧고 단순한 단어를 사용하는 편이 보다 '안전'하다.

그러나 이것이 불변의 법칙은 아니다. 글을 쓸 때 어려운 단어라면 무조건 피하려는 사람들이 있다. 어려운 단어 쓰는 것을 허세라고 생각하기 때문이다. 하지만 여덟 번째 원칙의 핵심은, 일상적인 글을 쓸 때 되도록 쉽고 간단한 말을 사용하라는 것이지, 어려운 단어나 구체적인 단어를 영원히 쓰지 말라는 뜻은 아니다. 즉 독자의 수준에 맞는 가장 적절한 단어를 사용하고 있는지 점검해봐야 한다는 뜻이다.

찬동하다→ 찬성하다	열거하다→ 늘어놓다
축적하다→ 모으다	집행하다→ 실행하다
순응하다→ 적응하다	용이하게→ 쉽게
계량하다→ 개선하다	고안하다→ 만들다
통지하다→ 알리다	소재지→ 장소
규명하다→ 알아내다	가시화하다→ 나타내다
~에 기인해서→ ~ 때문에	경감시키다→ 줄이다
증진하다→ 늘리다	변경→ 변화
인지하다→ 알다	모호하다→ 애매하다
실증하다→ 보여주다	배제하다→ 피하다
보급하다→ 퍼뜨리다	숙련도→ 능력
실시하다→ 하다	입증하다→ 증명하다
분투하다→ 애쓰다	

잠깐! 이번 법칙이 여섯 번째 법칙과 똑같다고 생각하는가? 여섯 번째 법칙은 애매한 표현 대신 구체적인 표현을 사용하라는 것이었다. 그리고 이번 법칙이 강조하는 것은, 더 쉽고 더 단순한 단어를 사용하라는 것이다. 좋은 글을 쓰려면 이 두 가지 법칙을 적절하게 사용해야 한다. 짧고 단순한 단어라고 모두 의미가 구체적인 것은 아니기 때문이다. 예를 들어 '멋진 집이다'와 '굉장한 연장전이었어'라는 두 문장을 살펴보자. '멋지다'와 '굉장하다'는 짧고 이해하기에도 쉬운 단어들이지만 구체적인 표현은 아니다. 좀 더 구체적인 표현으로 바꾸던지 문장들을 덧붙여서 좀 더 명확하게 표현해야 한다. '멋진'이나 '굉장한'이 정확히 무엇을 의미하는지 이해할 수 있도록 말이다.

연습문제

다음의 문장들을 의미는 그대로 유지하면서 좀 더 쉬운 표현으로 바꿔서 써보세요. 답안은 159쪽에 있습니다.

1. 당근주스가 몸에 좋다는 주장을 뒷받침하는 증거는 상당히 많다.

2. 머지않아 재활용 복사용지를 대량으로 사용하게 될 것으로 보인다.

3. 이 계획이 비효율적인 운송관행을 제거할 기회를 제공할 것이다.

4. 초등학생들에게 읽기, 쓰기, 셈하기만큼은 제대로 된 가르침을 제공해야 한다.

5. 오직 기상학자들만이 변화하는 기후 조건에 대한 세밀한 분석을 수행할 수 있다.

6. 그 시에서는 두 번째와 세 번째 연이 어떤 절망의 감정을 함축하고 있다고 생각한다.

7. 저 개는 탁월한 개의 전형이자 완벽한 본보기다.

8. 허리케인이 해안가 구조물을 대부분 파괴했다. 물과 바람이 만나 거대한 힘을 형성하면서 지붕이 뜯겨나가고 벽이 무너지는 등 주택 상당수가 못 쓰게 됐다.

9. 어떤 관점을 고집하고 있냐고? 좋은 질문이다. 나는 전쟁에 반대하지만 어떤 상황에서는 군사력을 동원하는 게 필요하다는 생각도 한다.

10. 한 세기도 더 전에 나폴레옹의 군대가 러시아로 진군했을 때처럼, 독일 군대 역시 겨울 날씨에 대한 준비가 제대로 되지 않아 러시아를 성공적으로 공략할 수 없었다. 독일 병사들에겐 영하의 기온을 견딜 때 필요한 적당한 겨울옷조차 없었다.

기본원칙 9

긴 문장을 잘라라

단문으로 만들어서 글을 명료하게 만들어라

글을 명확하게 만드는 한 가지 방법은 긴 문장을 자르는 것이다. 긴 문장을 짧은 문장 두 세 개로 쪼개면 문제는 간단해진다. 물론 명심해야 할 것이 있다. 짧은 문장을 사용하는 게 중요하다고 해서 모든 문장이 짧아야 한다는 뜻은 아니다. 짧은 문장만 사용할 경우 자칫 일관성 없이 뚝뚝 끊어지는 글이 될 수 있다. 그렇기 때문에 글쓰기의 기술을 적절하게 활용해야 한다. 글을 쓸 때는 다양한 형식의 문장을 골고루 사용하고 짧은 문장과 긴 문장을 조화롭게 섞어서 이어나갈 수 있어야 한다.

다음의 예문을 보자. 너무너무 길어서 숨이 턱 막힌다.

리더십은 전쟁터에서든 정치나 경제 같은 다른 영역에서든 본보기나 명령을 통해 발휘될 수 있는데, 역사적으로는 물론 전설로 유명한 알렉산더 대왕의 경우 명령과 본보기를 모두 사용한 군사 지도자였던 반면 대의에 헌신한 인물로 잘 알려진 간디와 테레사 수녀는 몸소 모범을 보임으로써 사람들에게 영감을 불어넣어 리더십을 발휘한 사람들이다.

이 긴 문장을 두세 개의 문장으로 나누면 이렇게 바뀐다.

리더십은 본보기나 명령을 통해서도 발휘된다. 알렉산더 대왕은 군사지도자로서 두 가지를 다 사용했다. 반면에 간디와 테레사 수녀는 직접 모범을 보여서 사람들에게 영감을 불어넣는 방식으로 리더십을 발휘했다.

단락 전체가 단 '한 문장'으로 되어 있는 무시무시한 예문이 또 있다.

나는 병원 신경의학과에서 3개월 동안 진단을 위한 다양한 검사를 받았는데, 두피에 끈적끈적한 물질로 전극을 연결해 일정 시간 동안 두뇌에서 발생하는 전류 변화를 측정하는 뇌파 검사도 했고, 혈액검사와 혈구수치 검사는 매일같이 했으며, CT 촬영에서부터 MRI와 고가의 PET 촬

> 영까지 뇌를 좀 더 정밀한 영상으로 살펴보기 위한 모든 검사와 함께 고통스러운 척수액 검사까지 받았다.

두세 번은 읽어야 겨우 무슨 말인지 알아챌 수 있을 정도다. 이제 아래 문장을 보자.

> 나는 신경의학과에서 3개월 동안 각종 진단에 필요한 검사들을 받았다. 혈액검사와 혈구수치 검사는 매일 진행됐고 뇌파검사도 받았다. 뇌파 검사는 두피에 전극을 연결해 두뇌에서 발생하는 전류 변화를 측정하는 것이다. 이 외에 CT 촬영, MRI, 고가의 PET 촬영과 고통스러운 척수액 검사까지 보다 정밀한 방식으로 뇌를 살펴보는 다양한 검사를 받았다.

짧은 문장에는 강력한 힘이 있다. 이것을 과소평가하면 안 된다. 세 단어에서 다섯 단어로 된 아주 짧은 문장은 단박에 눈길을 사로잡는다. 글 중간중간에 짧은 문장을 사용하면 글에 활기를 불어넣을 수 있다. 다음의 예문을 보자.

> 나는 맥주를 사랑한다. 맥주는 세상 그 어떤 것보다 나를 잘 설명해준다. 내가 누구냐고? 나는 맥주 맨이다. 적어도 내 친구들은 나를 그렇게 부른다.

특히 한 줄로 된 주제문은 글의 가치를 단숨에 높여준다. 주제문은 되도록 한 줄로 써야 한다. 그래야 읽는 사람이 글의 핵심을 쉽게 파악할 수 있다.

다음은 실제로 흑맥주 광고에서 사용된 문구다. 아주 간결한 문장들을 사용해 흑맥주의 이미지를 효과적으로 드러내고 있다.

> 흑맥주는 다르다. 강렬하다. 특별하다. 단호하다. 신비하다. 감각적이다. 부드럽다. 흑맥주는 욕망의 또 다른 모습이다.

기본원칙 10

불필요한 표현을 버려라

군더더기 말이나 과도한 수식어를 빼라

간결한 글쓰기가 얼마나 중요한지 보여주는 말이 있다. "힘 있는 글은 간결하다. 문장에는 불필요한 단어가 없어야 하며 단락에는 쓸데없는 문장이 없어야 한다. 이것은 그림에 불필요한 선이 없어야 하고 기계에 쓸데없는 부품이 들어가서는 안 되는 것과 같다. 그렇다고 글을 쓸 때 모든 문장을 짧게 만들거나 구체적인 내용을 전부 빼고 주제만 간략하게 다루어야 한다는 뜻은 아니다. 다만 모든 단어가 군더더기 없이 제 목소리를 내야 한다." 코넬대학교 교수였던 윌리엄 스트렁크 2세의 말이다. 간결함의 중요성을 이보다 더 잘 표현한 말은 없을 것이다.

중복은 불필요하다

단어나 개념을 쓸데없이 반복하지 말자. '경험이 부족한 초보자'라는 문장을 한번 보자. 이런, 불필요한 중복이 눈에 띈다. 초보자라는 말에 이미 '경험이 부족하다'는 의미가 들어 있기 때문이다. 이렇듯 중복된 단어나 구절은 과감히 버려라. 그래도 문장의 의미는 변하지 않는다.

중복된 표현	간결한 표현
사전 공지	공지
무엇이든지 다	무엇이든지
질문을 묻다	질문하다
외모가 멋진	멋진
크기가 큰	큰
색깔이 파란	파란
성격이 유쾌한	유쾌한
함께 결합한	결합한
완전히 가득한	가득한
합의된 의견	합의
계속해서 유지되다	유지되다
원래 호기심이 많은	호기심 많은

아래로 내려가다	내려가다
특출하게 뛰어난	특출한
수가 많지 않은	많지 않은
최종 결과	결과
혹시라도 그렇다면	그렇다면
오늘날의 현대세계	현대세계
상호 동의	동의
새로운 혁신	혁신
과거의 경험	경험
과거 역사	역사
긍정적인 혜택	혜택
다시 반복하다	반복하다
한 번 더 거듭하다	거듭하다
다시 되돌려주다	되돌려주다
심각한 고비	고비
아래로 가라앉다	가라앉다
실로 독특한	독특한
진정한 사실	사실
예기치 못한 비상사태	비상사태
근거 없는 소문	소문
어린 청소년	청소년

과도한 수식어는 지루하다

글에 가끔씩 등장하는 수식어는 글에 신뢰를 더해준다. 하지만 지나치게 많으면 설득력이 떨어진다. 논리를 이어나가는 데 자신이 없거나 알맹이 없이 분량만 늘리는 것처럼 보일 수 있다. 다음의 예문을 비교해보자.

> 다소 심각한 이번의 유출사고는 어쩌면 정보기관의 근간마저도 흔들 수 있다.
>
> ↓
>
> 이번에 일어난 심각한 유출사고는 정보기관의 근간을 흔들 수 있다.

이미 절대적인 의미를 갖고 있는 단어에는 수식어가 필요 없다. '우수하다, 훌륭하다, 최악' 같은 단어가 그러하다. '매우 우수하다, 매우 훌륭하다, 가장 최악이다'처럼 중복해서 표현하는 실수를 저지르지 말자.

다음과 같은 수식어들도 자주 사용하지 말자. 다소, 조금, 대단히, 그저, 일종의, 대개, 주로, 꽤, 상당히, 좀, 정말로, 약간, 아주, 훨씬, 어느 정도, 뭐랄까, 매우, 실로 등등. 이런 표현들은 글의 힘을 떨어뜨리며 대부분 삭제해도 별다른 문제가 없다.

내 의견임을 강조할 이유는 없다

'내가 생각하기에', '내가 느끼기에', '내 의견으로는' 이런 표현도 멀리하라. 내가 쓴 글이니 내 의견이 당연하다. 굳이 내 의견이라고 자꾸 밝힐 필요는 없다.

연습문제 1

다음의 문장들을 군더더기 없이 간결하게 고쳐 쓰세요. 답안은 160쪽에 있습니다.

1. 참석자들은 행사에서 정한 복장규정에 언제든 기꺼이 따라야 하며 정장차림을 요구할 경우에는 캐주얼 복장을 입어서는 안 된다.

2. 규모가 큰 건설 프로젝트라면 일을 진행할 유능한 관리자가 필요하다.

3. 아크로폴리스 미술관은 여전히 계속해서 주요한 관광명소로 남아 있다.

4. 궁극적인 결론은 신체 증상과 심리적 증상이 서로 밀접하게 연관되어 있어 따로 분리하기가 어렵다는 것이다.

5. 현장 책임자가 카리스마 있고 성격이 매력적이어도 생산이나 기술 관련 지식이 빈약한 것은 감출 수 없다.

6. 최근에 나타난 정부 차입 추세로 인해 결국은 전보다 훨씬 더 가난하고 더 빈곤한 국가들이 생겨날 것이다.

7. 물 부족, 만성적인 인구밀집, 만연하는 질병 같은 이런 문제들이 함께 결합해 심각한 위기를 초래했다.

8. 문제에 대한 새로운 해법을 찾아낼 수 있는 사람은 수적으로 드물다.

9. 그녀는 의식적으로 유네스코에서 일하기로 결정했다.

10. 함께 논의하는 협상은 평화로운 해결로 이어지는 여러 가능성을 열어준다.

연습문제 2

다음의 문장들을 과도한 수식어 없이 간결하게 고쳐 쓰세요. 답안은 161쪽에 있습니다.

1. 피터는 특출하게 우수한 학생이다.

2. 당신 인생에서 무엇을 하며 살아야 할지 가장 잘 결정할 수 있는 사람은 바로 당신 자신이다.

3. 프로판 가스 탱크가 완전히 텅 비었다.

4. 조이는 뭐랄까 책을 천천히 읽는 것 같다.

5. 전 세계 국가들 사이의 부가 차이나는 데는 아주 많은 이유가 있다.

6. 일부 전문가들은 어쩌면 단순히 쾌락을 좇고 고통을 피하려는 욕망에서 동기가 일어난다고 생각한다.

7. 인도에서 나는 지금껏 먹어본 최고의 음식을 발견했다.

8. 그녀는 꽤 탁월한 피아니스트다.

9. 상트페테르부르크에 있는 에르미타주 미술관은 독특하고 유례없는 회화들로 가득하다.

10. 말할 것도 없이, 회계 감사원은 자신이 회계를 감사하는 기업으로부터 독립성을 유지해야 한다.

연습문제 3

다음의 문장들에서 불필요한 자기지칭을 지우고 다시 써보세요. 답안은 162쪽에 있습니다.

1. 내 개인적인 생각으로는, 발표자가 사소한 내용에 몰두하는 것 같다.

2. 나는 다른 많은 사람들이 생각하는 것과 마찬가지로 의사, 변호사, 기술자 같은 다른 전문가들처럼 교사도 많은 보수를 받아야 한다고 생각한다.

3. 내 생각에 이 주장은 기반시설이 열악한 국가들의 경우로 일반화할 수 없을 것 같다.

4. 내가 직접 경험한 바에 따르면 포도주는 사회생활 하는 데 훌륭한 윤활유가 되어준다.

5. 내가 정말로 궁금한 것은 적은 비용으로 책과 비디오를 집까지 배달해준다면 도서관을 이용하는 사람들이 늘어날 수 있을지 하는 것이다.

6. 내가 비록 전문가는 아니지만, 언론의 자유라는 게 사람들로 붐비는 극장에서 누군가 장난으로 "불이야"라고 외쳐도 비난받지 않을 수 있다는 의미는 아니라고 생각한다.

7. 내가 추측컨대, 많은 사람들이 살을 빼고 싶어 하지만 대부분 실패하는 이유는 다만 다이어트 프로그램 한 가지를 선택해 열심히 실천해 보겠다고 결단을 내리지 못하기 때문이라고 생각한다.

8. 내가 강조해야 할 점은 상대편 주장이 전혀 일리가 없다고 얘기하는 것은 아니라는 사실이다.

9. 어떤 사람에게서 가장 큰 영감을 받느냐고 내게 묻는다면, 굉장히 의욕적이면서도 대단히 겸손한 사람들이라고 말하고 싶다.

10. 대인관계에서 성공하려면 기꺼이 70퍼센트를 내주고 30퍼센트만 돌려받을 생각을 해야 한다는 것이 내 신념이다.

기본원칙 11

글에 능동적인 힘을 실어라

되도록 수동태를 피하고 능동태를 사용하라

아주 특별한 경우가 아니라면 수동적인 표현보다는 능동적인 표현이 좋다. 능동태 문장은 좀 더 행위에 초점을 맞춘다. 그것은 단도직입적이고, 문장에 필요한 단어의 수도 적어서 간결하다. '해리는 샐리를 사랑했다'는 세 단어로 이루어진 능동태 문장이다. 반면에 '샐리는 해리에게서 사랑을 받았다'는 문장은 같은 의미라도 네 단어나 쓰였다.

일반적인 문장에서라면 행위의 주체가 맨 앞에 등장한다. 하지만 수동태 문장에서는 행위의 주체가 맨 뒤에 등장한다.

능동태 : 비서가 사내 파티를 준비했다.

수동태 : 사내 파티가 비서에 의해 기획되었다.

그렇기 때문에 덜 직접적이며 의미를 파악하기 위해서는 한 번 더 생각해야 한다. 심지어 행위의 주체가 사라지는 경우도 있다.

능동태 : 그녀가 보고서를 간단하게 작성했다.

수동태 : 보고서가 간단하게 작성됐다.

물론 무엇이든 극단적인 선택은 피해야 한다. "수동태 표현은 나쁘다"는 이야기를 너무 자주 들었던 학생들은 수동태라는 말만 들어도 질겁하곤 한다. 하지만 수동태 표현을 영원히 쓰지 말라는 뜻이 아니다. 수동태 표현이 더 효과적인 경우도 있으니까. 특히 행위의 주체를 드러낼지 숨길지 고민하는 경우라면 수동태가 아주 훌륭한 대안이 될 수 있다.

수동태 : 오늘, 컴퓨터 파일이 삭제됐다. → 범인을 숨기고자 할 때 효과적이다.

능동태 : 불행하게도 오늘, 제인이 컴퓨터 파일을 삭제했다. → 범인을 드러낼 때 효과적이다.

다양하게 문장을 쓰고 싶을 때도 수동태를 이용할 수 있다.

우리는 초빙 교수의 흥미로운 강연을 끝까지 앉아서 들었다. 지능지수가 높고 감성지수가 낮은 사람이 왜 결국 감성지수가 높고 지능지수가 낮은 사람 밑에서 일하게 되는지에 관한 강연이었다. 강연이 끝나자 학생들의 질문이 허락되었다.

행위의 주체를 모르거나, 알지만 별로 중요하지 않을 때도 수동태를 사용할 수 있다. 다음의 문장을 보자. 이 문장에서 중요한 것은 석유다. 그것을 뽑아내는 장치가 아니다. 그 다음 문장에서 중요한 것 역시 진주를 발견했다는 사실이다. 누가 발견했는지는 별로 중요하지 않다.

석유 수백만 배럴이 사막의 모래 밑에서 추출되었다.

세계에서 가장 큰 진주(6.4kg)가 1943년에 필리핀에서 발견되었다.

행위의 주체보다 그 행위를 받는 사람이 더 중요할 때도 수동태를 쓴다.

조이스 버킹엄이 조직 위원들로부터 메달을 받았다.

연습문제

다음 문장들 속의 수동태를 찾아 능동태로 고쳐 쓰세요. 답안은 163쪽에 있습니다.

1. 근대 이전에는 경험이 부족하고 도구도 제대로 갖추지 않은 의사들에 의해 수술이 진행되는 경우가 많았다.

2. 저자에 의해 제기된 핵심 내용은 마지막 단락에서 찾을 수 있다.

3. 동기부여 강좌는, 그 강좌가 정말로 필요한 사람들에게는 선호되지 않고 별로 필요하지 않은 사람들이 듣는 경우가 많다.

4. 바비큐 화덕은 캠핑족들에 의해 사용될 수 있는 곳으로 옮겨져야 한다.

5. 평화협정의 세부사항들이 최종 시한 직전에 타결됐다.

6. 적십자 자원봉사자들은 그들의 노고에 대한 아낌없는 찬사를 받아야 한다.

7. 배우와의 계약은 배우로부터 서명을 받기 전에 항상 배우의 대리인과 조율이 되어야 한다.

8. 보안에 대한 아무런 주의 없이 평가결과가 공개되었다.

9. 보고서는 다수의 임상 심리학자들과 결혼 전문가들에 의해 편집되었다.

10. 돈과 인력, 현지 정부의 지원 없이 저개발 국가의 많은 질병들이 치료될 수는 없다.

수동태의 이미지를 머릿속에 그려보고 싶다면,
조지 워싱턴의 어릴 적 변명을 참고해보자.
그는 작은 손도끼를 등 뒤에 숨긴 채 이렇게 말했다.

"저는 거짓말은 못해요. 음, 그러니까,
체리나무가 베어지고 말았어요."

기본원칙 12

명사보다 동사가 좋다

동사나 형용사로 쓸 수 있는 표현을 명사화하지 마라

동사나 형용사를 명사로 바꿔서 쓰는 것을 가리켜 '명사화'라고 한다. 일단 명사화는 글의 힘을 떨어뜨린다. 그리고 문장을 더 어렵게 만든다. 예를 통해서 명사화를 살펴보자.

동사	명사화
줄이다	감축
개발하다	개발
신뢰하다	신뢰할 수 있음

'비용 감축'은 '비용을 줄이다'라고 쓸 수 있다. 마찬가지로 '계획 개발'은 '계획을 개발하다'로 바꾸어 쓸 수 있다. '데이터를 신뢰할 수 있음'은 '데이터를 신뢰하다'로 바꾸어 쓰면 문장이 훨씬 더 간결해진다.

형용사	명사화
정확한	정확성
창의적인	창의성
합리적인	합리적임

'치수의 정확성'은 '정확한 치수'라고 쓰는 것이 좋다. '직원의 창의성'은 '창의적인 직원'으로 바꾸고, '작업시간의 합리성'은 '합리적인 작업시간'이라고 써야 읽기에 편하다.

학교 안에서 학생들의 음주가 허용되는가?
→ 학교 안에서 학생들이 술을 마실 수 있는가?

'음주 허용' 대신 '마시다'는 동사를 쓰면 이렇게 문장이 깔끔해진다.

연습문제

다음 문장에서 명사화된 표현을 찾아 형용사나 동사로 바꿔 쓰세요. 답안은 164쪽에 있습니다.

1. 아마추어 선수들은 자신의 훈련프로그램 개발을 주도해야 한다.

2. 군사 지도자라면 우유부단함이 가장 무서운 적이다.

3. 전문위원들이 제시한 최상의 시나리오에는 새로운 공기청정 법안의 시행결과로 대기오염이 20퍼센트 감소한다는 내용이 들어 있다.

4. 대부분의 영양학자들은 지방이 많은 음식 먹기를 자제하고 탄수화물 섭취를 줄이는 것이 살을 빼는 가장 좋은 방법이라고 말한다.

5. 정치인들의 강점에 합리성과 공평함은 빠져 있다.

6. 입학시험 표준화는 학생들이 동등한 입장에서 대학과 대학원에 지원할 수 있도록 돕는다.

7. 텔레비전에서 볼 수 있는 유명인사의 정치적 견해 표출을 부정적으로 평가해서는 안 된다.

8. 닷컴 열풍이 불기 전까지 투자자들은, 인터넷기업의 가치평가를 위한 전통적인 방식의 회계공식 사용 가능성에 대해 한 번도 심각한 의문을 제기하지 않았다.

9. 관리자들은 세 명의 직원 해고 결정을 내렸다.

10. 창의성과 자발성을 보이는 사람들은 각자의 꿈을 추구할 수 있도록 격려해줘야 한다.

기본원칙 13

병렬구조를 활용하라

비슷한 항목들은 비슷한 형태로 일관되게 표현하라

한 문장 안의 비슷한 요소들을 일관되게 표현하는 것, 그것이 바로 병렬구조다. 즉 기능이 같은 요소들은 구조도 같아야 한다는 뜻이다. 병렬구조가 되면 글에 힘이 생기고 의미가 분명해진다. 병렬구조로 이루어진 다음 문장을 보자. '고등학생 사업가가 기적의 도구를 개발하고 자금을 마련해서 시장에 내놓았다.' 이 문장을 병렬구조가 아닌 각각의 다른 문장으로 표현하면 글이 이렇게 달라진다. '고등학생 사업가가 기적의 도구를 발명하는 데 참여했으며, 필요한 자금을 확보했고, 상품을 시장에 출시하는 데 시간을 소비했다.' 글이 훨씬 길어지고 복잡해졌다.

존 F. 케네디 전 대통령이 남긴 말을 예로 들어 병렬구조를 살펴보자.

> 모든 국가에 알립시다. 그들이 우리의 실패를 원하든 성공을 원하든 간에, 자유를 지키고 꽃피우기 위해서라면 우리는 어떤 부담이든 짊어지고, 어떤 곤경에든 맞서고, 어떤 동맹관계든 지지할 것이며, 어떤 적이라도 피하지 않을 것임을!

'자유에 대한 각오'를 병렬구조로 연결해서 힘 있는 연설문을 완성했다. 다음에 나와 있는 유명한 성경 구절에서도 병렬구조를 찾아보자.

> 마음이 가난한 사람은 복이 있나니, 하늘나라가 그들의 것이리라. 슬퍼하는 사람은 복이 있나니, 하나님이 그들을 위로하시리라. 온유한 사람은 복이 있나니, 그들이 땅을 차지하리라. 의로움에 주리고 목마른 사람은 복이 있나니, 그들이 채워지리라.

일련의 항목들을 나열할 때 병렬구조를 따르면 문장이 간결해진다. 규칙은 간단하다. 각 단어 앞에 똑같이 등장하는 표현을 모든 단어 앞에 반복적으로 집어넣는다. 아니면 맨 처음에 등장하는 단어 앞에만 쓰고 나머지 단어 앞에는 쓰지 않는다. 그렇지 않고 쓰다 안 쓰다 하면 병렬구조는 무너진다.

미구엘은 칠레와 페루에 갔고, 에콰도르에도 갔다.

→(병렬구조)미구엘은 칠레, 페루, 에콰도르에 갔다.

그녀는 태양, 모래를 좋아하고 바다에 가는 것을 좋아한다.

→(병렬구조)그녀는 태양, 모래, 바다를 좋아한다.

병렬구조를 쓸 때 주의할 점

병렬구조를 쓸 때는 꼭 써야 할 단어를 생략하지는 않았는지 다시 한 번 살펴봐야 한다. 여기에 '그녀는 책과 음악 듣는 것을 좋아한다'는 문장이 있다. 이 문장은 병렬구조인가, 아닌가? '책'이라는 명사와 '음악 듣는 것'이라는 문장을 병렬구조로 연결했지만 두 개는 같은 성분이 아니므로 제대로 된 병렬구조가 아니다. '책과 음악을 좋아한다'라고 쓰거나 '책 읽는 것과 음악 듣는 것을 좋아한다'라고 써야 한다.

연습문제

다음 문장들을 병렬구조에 맞게 고쳐 쓰세요. 답안은 165쪽에 있습니다.

1. 복권에 당첨됐음에도 불구하고 노부부는 트랙터와 스토브를 바꾸고, 현관을 새로 교체하는 데만 돈을 쓸 계획이라고 말했다.

2. 올림픽 자원봉사자들은 위대한 임무를 수행하기 위한 준비가 되었으며 충분히 능력 있다.

3. 그 다큐멘터리는 흥미롭고 관련 정보가 가득했다.

4. 웨인 그레츠키는 팀 동료들로부터 많은 사랑을 받았고, 캐나다 하키 리그 팬들은 그에게 경의를 표했다.

5. 학생들은 페이스북에 접속하고, 이메일을 읽으며 시간을 보내고, 블로그 게시물을 살펴보고, 즐겁게 트위터를 할 수 있다.

6. 그 펀드 매니저는 자기 이론의 근거를 주식 실적과 채권 실적에 두고, 다른 주요 경제 지표도 사용하고 있다.

7. 그 무용수는 자신의 대역에게 동작과 의상과 안무가와 작업하고 사진작가를 대할 때 어떻게 해야 하는지 알려줬다.

8. 유능한 변호사의 적절한 조언이 소송에서 이기는 데 도움이 될 수 있는 것처럼 스포츠 경기도 유능한 감독의 적절한 조언에 힘입어 승리할 수 있다.

9. 불교 진언에 따르면 두려움과 분노하는 감정, 불필요한 욕망은 고통을 초래한다. 두려움과 분노하는 감정, 불필요한 욕망을 없애면 고통이 사라진다.

10. 현안인 탄핵에 대해 내가 반대하는 이유는 첫째, 논란의 사적인 본질과 둘째, 편파적이기 때문이다.

기본원칙 14

문장을 다양하게 써라

문장의 첫머리와 길이를 다채롭게 변화시켜라

'나는 테니스를 친다'는 아주 일반적인 문장이다. 대부분의 문장은 이렇게 '주어-목적어-동사' 형식을 따른다. 그래야 힘 있는 문장이 되기 때문이다. 그렇다고 모든 문장을 이런 식으로 쓴다면 글이 따분해질 것이다. 특히 문장을 시작할 때마다 매번 '나는'을 붙이거나 '우리는'이라고 쓴다면 읽는 사람의 심기가 불편해질지도 모른다. 여기 문장 첫머리에 변화를 줄 수 있는 몇 가지 방법들을 소개한다.

주어로 시작하기

문장의 주체가 되는 사물이나 사람으로 글을 시작한다.

> 소비자들은 상품이 팔리는 이유를 우리에게 알려줄 수 있다.

구로 시작하기

동사를 제외한 단어들이 모여서 하나의 문장성분을 이룰 때 구라고 한다. 다음과 같이 '구'로 문장을 시작할 수도 있다.

> 이러한 이유로, 제품이 팔릴 만한 시장을 발견하기 전까지는 어떤 제품도 생산하지 않을 것이다.

절로 시작하기

동사를 포함한 단어들이 모여서 하나의 문장성분을 이룰 때 절이라고 한다. '절'로 시작하는 문장은 다음과 같다.

인간은 복잡한 존재이기 때문에, 구매가 이루어지는 과정을 단순한 공식으로 요약할 수 없다.

부사로 시작하기

당연히 학생들은, 빈털터리에서 부자가 된 기업가들의 이야기를 듣고 싶어 한다.

형용사로 시작하기

총명하고 인정 많은 도로시는, 지도자가 될 자질을 갖췄다.

연습문제

아래 문장을 각각의 제시된 방식에 맞게 다시 써보세요. 필요하다면 문장의 내용을 바꿔도 좋습니다. 답안은 166쪽에 있습니다.

물건을 파는 것은 어렵다. 경험과 함께 독창성이 필요하다.

주어로 시작하기

구로 시작하기

절로 시작하기

부사로 시작하기

형용사로 시작하기

기본원칙 15

적절한 어조를 찾았는가

궁정적이고 친근한 어조가 좋다

어조란 무엇일까? 글쓴이의 태도라고 생각하면 편하다. 어조는 글 속의 단어나 문장을 통해서 드러나는데, 좀 더 적극적으로 자신의 어조를 결정하고 그것에 맞는 단어나 문장을 쓰면 글에 일관성이 생긴다. 일단 어조는 긍정적/부정적, 격식/친근함 이렇게 두 가지 차원에서 살펴볼 수 있다. 취향에 따라 부정적인 어조를 선택할 수도 있고, 격식을 차린 어조를 선택할 수도 있지만 가급적 긍정적이고 친근한 어조를 선택하라고 말하고 싶다. 사람들은 본능적으로 어떤 것이 '틀렸다'고 말하는 글보다 그것이 '진실이다'라고 이야기하는 글을 더 좋아하기 때문이다. 따라서 부정적인 표현을 긍정적인 표현으로 바꿔주는 게 더 영리한 선택이다.

매장은 오후 7시에 문을 닫는다. → '닫다'는 부정적인 어조를 사용

매장은 오후 7시까지 열려 있다. → '열다'는 긍정적인 어조를 사용

계획이 철저하지 않다. → '않다'는 부정적인 단어를 사용해서, 계획 자체가 엉망이라는 분위기를 풍긴다.

계획에 문제점이 있다. → 부족한 점이 있다는 사실을 긍정적인 어조로 알려준다.

격식을 차린 어조 VS. 편안한 어조

완벽하게 격식을 갖췄는지, 중간정도로 격식을 갖췄는지, 혹은 전혀 형식에 얽매이지 않았는지를 결정하는 요소들은 다양하다. 존칭을 쓰거나 '~습니다'와 같은 어미를 쓰면 좀 더 격식을 갖춘 문장이 된다. 반면에 문장 첫머리에 인칭대명사를 쓰면 글이 좀 더 친근해진다. 다음의 문장을 보자. 각 문장에서 밑줄 친 부분이 바로 인칭대명사다. 확실히 인칭대명사를 사용한 문장이 더 부드럽게 느껴진다.

1

추가 질문은 고객서비스팀으로 보내주십시오.

↓

고객님께서 추가로 질문할 것이 있으시면 저희 고객서비스팀으로 연락 주시기 바랍니다.

2

최고경영자는 품질을 높이는 것이 회사를 다시 일으켜 세우는 열쇠라고 생각한다.

↓

우리의 최고경영자는 우리가 회사를 다시 일으키기 위해 품질을 강화해야 한다고 생각한다.

인칭대명사의 종류는 다음과 같다.

1인칭: 나, 나를, 나의 것, 우리, 우리들을, 우리의 것…….

2인칭: 너, 너의, 너희들…….

3인칭: 그, 그녀, 그들, 그를, 그녀를, 그들을, 그것, 그의 것, 그녀의 것, 그들의, 그들의 것, 누가, 누구를, 누구의 것…… .

개인적인 편지나 e메일은 형식에 얽매이지 않는다. 반면에 업무 보고서는 형식을 갖춰서 써야 한다. 업무용 메일이라면 중간 정도로 격식을 차리는 게 좋다. 격식을 갖춘 인사말과 서명을 넣어서 존중하는 인상을 주되, 내용에서 1인칭대명사, 구어체, 간단하고 비전문적인 용어를 섞어 쓸 수 있다.

격식을 차린 어조와 친근한 어조의 특징을 표로 나타내면 다음과 같다.

	격식을 차린 어조	친근한 어조
인칭대명사	거의 사용하지 않는다	1인칭 사용
구어적 표현	거의 사용하지 않는다	사용한다
용어	복잡하거나 전문적인 용어	단순하고 비전문적인 용어
문장 길이	긴 문장	짧은 문장
동사 형태	수동태	능동태
수치	정확한 수치	대략적인 수치
서론과 결론	갖추어서 쓴다	생략한다
인사말과 서명	사용한다	생략한다
목차	있다	없다
참고문헌이나 각주	있다	없다

연습문제

좀 더 긍정적이고 개인적인 어조를 사용해 아래 편지를 '따뜻하고 친절하게' 바꿔 다음 페이지에 써 보세요. 답안은 166쪽에 있습니다.

존스 씨께

컴프트로닉스 주식회사는 귀하의 노트북컴퓨터 모델 580G의 문제점에 대해 대단히 유감스럽게 생각합니다. 담당 기술자들이 살펴본 결과 문제가 너무 심각해서 수리가 불가능하다는 결론을 내렸습니다. 두 가지 선택을 하실 수 있습니다. 제품에 대해 환불을 받으시거나 아니면 신규모델로 교체를 요구하실 수 있습니다. 결정하신 내용을 서비스팀에 알려주시면 신속하게 처리해드리겠습니다.

컴프트로닉스 서비스 책임자 두 굿 드림

존스 씨께

기본원칙 16

중립적인 표현을 사용하라

한쪽 性에 치우친 단어는 피하라

남녀와 모두 관련된 직업을 이야기할 때, 남성이나 여성 중 한쪽으로 치우친 표현은 쓰지 않도록 한다. 예를 들어 묘사하는 대상이 '여자 교수'라고 해도 굳이 '여교수'라고 지칭할 필요는 없다. 마찬가지로 '여의사'나 '앵커우먼' 같은 단어도 불필요하다. '스튜어디스' 같은 단어도 '승무원'이라는 단어로 대체하는 게 더 좋다.

어조는 태도다.
격식을 차린 어조는 정장을 입은 신사와 같아서
읽는 이가 거리를 두게 된다.

Part 3
가독성

보기 좋고 읽기 편한 글을 쓰는 법

”

간결하게 써야 읽힌다.

분명하게 써야 이해하기 쉽다.

그림을 그리듯 써야 기억에 남는다.

무엇보다도 정확하게 써야 독자가 빛을 따라 출구를 향해 나아갈 수 있다.

— 조셉 퓰리처 —

기본원칙 17

지면의 구성과 형태를 이용하라

가독성을 높이려면 글 주변의 여백을 넓혀라

가독성을 높이는 가장 쉬운 방법이 있다. 여백을 늘려라! 단락을 바꿀 때 한 줄 비워두는 것도 좋은 방법이다. 글로 빽빽하게 채우지 마라. 다음에 나오는 두 개의 예문을 보자. 배치만 달리했을 뿐 같은 글이다. 그런데도 가독성이 달라졌다. 단락과 단락 사이의 공간을 늘렸을 뿐인데 두 번째 글이 훨씬 더 쉽게 읽힌다.

1

우리 시대의 역설

글 밥 무어 박사

우리 시대는 역설적이다. 건물은 높아졌지만 인내심은 짧아지고, 고속도로는 넓어졌지만 시야는 더 좁아졌다. 더 많이 쓰지만 가진 것은 더 적고, 더 많이 사지만 즐거움은 덜하다. 집이 커졌는데 가족 수는 줄어들었고, 더 편리하게 사는데도 더 여유가 없다. 학력이 높아졌지만 분별력은 부족하고 지식이 많아졌는데 판단력은 떨어진다. 전문가가 늘어났어도 문제는 더 많아졌고, 약이 많아졌어도 건강은 더 나쁘다.
술과 담배를 지나치게 많이 즐기고 소비는 무모할 정도로 즐기면서 웃음에는 너무나 인색하다. 과속을 일삼으며 너무 쉽게 화를 낸다. 너무 늦게 자고 일어날 때는 벌써부터 피곤하다. 책은 너무 안 읽는 반면에 텔레비전은 지나치게 많이 보고 두 손 모아 기도하는 일은 거의 없다.
가진 것이 크게 늘었지만 우리의 가치는 오히려 줄어들었다. 아주 많은 이야기를 쏟아내지만 애정은 깃들어 있지 않고 증오의 말이 대부분이다.
돈 버는 방법은 배웠지만 인생에 대해서는 배우지 못했다. 나이를 먹을수록 늙기만 할 뿐 연륜이 더해지지는 않는다. 달에 발자국을 찍었으면서 길 건너 이웃을 만나러 걸어가는 일은 드물다. 바깥 세계는 정복했지만 자신의 내면은 지배해본 적이 없다. 더 큰 일들을 해결했지만 더 잘한 일이라고는 볼 수 없다.

공기를 깨끗하게 만드는 것에 힘을 쏟지만 영혼은 오염됐다. 원자를 쪼개는 데 성공했지만 편견을 깨지는 못했다. 더 많은 글을 쓰지만 배움이 적고, 더 많은 계획을 세우지만 끝마치는 일은 적다. 서두르는 법은 배웠으나 기다리는 법은 배우지 못했다. 더 많은 컴퓨터를 생산해 더 많은 정보를 저장하고 더 많은 자료를 만들어내지만 소통은 갈수록 줄어든다.

서둘러서 조리된 음식을 먹지만 그만큼 소화력은 더디다. 훤칠한 사람들이 인품은 넉넉하지 못하다. 이익은 후하게 챙기고 관계는 깊지 못한 시대다. 맞벌이를 하지만 이혼율은 높고 집은 화려한데 가정은 파괴되었다. 어디로든 빠르게 오가고, 일회용 기저귀를 사용하는 것처럼 도덕성 역시 적당히 쓰고 버린다. 비만이 일상적이며 약으로 모든 것을 조정한다. 약으로 기분을 좋게 만들기도 하고 가라앉히기도 하고 죽음에 이르게까지 할 수 있는 시대다. 상점의 진열장에는 많은 것들이 있지만 집의 창고에는 아무것도 없는 시절이다.

2

우리 시대의 역설

글 밥 무어 박사

우리 시대는 역설적이다. 건물은 높아졌지만 인내심은 짧아지고, 고속도로는 넓어졌지만 시야는 더 좁아졌다. 더 많이 쓰지만 가진 것은 더 적고, 더 많이 사지만 즐거움은 덜하다. 집이 커졌는데 가족 수는 줄어들었고, 더 편리하게 사는데도 더 여유가 없다. 학력이 높아졌지만 분별력은 부족하고 지식이 많아졌는데 판단력은 떨어진다. 전문가가 늘어났어도 문제는 더 많아졌고, 약이 많아졌어도 건강은 더 나쁘다.

술과 담배를 지나치게 많이 즐기고 소비는 무모할 정도로 즐기면서 웃음에는 너무나 인색하다. 과속을 일삼으며 너무 쉽게 화를 낸다. 너무 늦게 자고 일어날 때는 벌써부터 피곤하다. 책은 너무 안 읽는 반면에 텔레비전은 지나치게 많이 보고 두 손 모아 기도하는 일은 거의 없다.

가진 것이 크게 늘었지만 우리의 가치는 오히려 줄어들었다. 아주 많은 이야기를 쏟아내지만 애정은 깃들어 있지 않고 증오의 말이 대부분이다.

돈 버는 방법은 배웠지만 인생에 대해서는 배우지 못했다. 나이를 먹을수록 늙기만 할 뿐 연륜이 더해지지는 않는다. 달에 발자국을 찍었으면서 길 건너 이웃을 만나러 걸어가는 일은 드물다. 바깥 세계는 정복했지만 자신의 내면은 지배해본 적이 없다. 더 큰 일들을 해결했지만 더 잘한 일이라고는 볼 수 없다.

공기를 깨끗하게 만드는 것에 힘을 쏟지만 영혼은 오염됐다. 원자를 쪼개는 데 성공했지만 편견을 깨지는 못했다. 더 많은 글을 쓰지만 배움이 적고, 더 많은 계획을 세우지만 끝마치는 일은 적다. 서두르는 법은 배웠으나 기다리는 법은 배우지 못했다. 더 많은 컴퓨터를 생산해 더 많은 정보를 저장하고 더 많은 자료를 만들어내지만 소통은 갈수록 줄어든다.

서둘러서 조리된 음식을 먹지만 그만큼 소화력은 더디다. 훤칠한 사람들이 인품은 넉넉하지 못하다. 이익은 후하게 챙기고 관계는 깊지 못한 시대다. 맞벌이를 하지만 이혼율은 높고 집은 화려한데 가정은 파괴되었다. 어디로든 빠르게 오가고, 일회용 기저귀를 사용하는 것처럼 도덕성 역시 적당히 쓰고 버린다. 비만이 일상적이며 약으로 모든 것을 조정한다. 약으로 기분을 좋게 만들기도 하고 가라앉히기도 하고 죽음에 이르게까지 할 수 있는 시대다. 상점의 진열장에는 많은 것들이 있지만 집의 창고에는 아무것도 없는 시절이다.

기본원칙 18

가독성을 높이는 도구를 사용하라

핵심 단어와 구절을 부각시켜라

어떤 요소를 더하거나 빼는 작업이 전체 스타일에 미치는 효과를 알고 있는가. 화가, 조각가, 음악가, 사진작가들에게만 그런 기술이 필요한 게 아니다. 사실 글쓰기는 균형을 잘 잡아야 하는 작업이다. 누구나 글의 큰 틀은 그대로 유지하면서 보기에 좋고 가독성도 높일 수 있는 세세한 장식들을 더하고 싶어 한다. 부족하거나 넘치지 않게 그 효과들을 사용한다면 당신의 글은 훨씬 돋보일 것이다. 글에 활용할 수 있는 장식으로는 볼드(굵은)체와 이탤릭체, 대시부호, 굵은 점, 번호 매기기, 음영 넣기 등이 있다.

볼드체

볼드체는 핵심 단어를 강조할 때 사용한다. 전단지나 이력서처럼 아주 짧은 시간에 슥 훑어보는 문서에 유용하다. 이탤릭체나 밑줄도 똑같은 효과를 낼 수 있다. 다만 지나치게 자주 쓰지 않도록 주의해야 한다. 예를 들어 한 단락 안에서 볼드체와 이탤릭체를 함께 사용하는 실수는 저지르지 말자. 볼드체와 이탤릭체, 밑줄을 한꺼번에 사용하는 것도 피해야 한다. 볼드체와 이탤릭체, 대문자의 조합도 마찬가지다. 볼드체를 과하게 사용할 경우 효과는 오히려 떨어진다. 독자를 무시하는 게 아니라면 일일이 집중해야 할 부분을 짚어주지 마라.

이탤릭체

이탤릭체를 가끔 사용하면 시각적으로 돋보이는 효과가 있다. 이탤릭체를 사용하는 목적도 볼드체와 비슷하다. 특히 대조를 이루는 핵심 단어나 글의 흐름을 바꾸는 간단한 표현을 눈에 띄게 만들 때 효과적이다. 하지만 지나치게 많이 사용하면 눈이 피곤해지고 지면이 산만해지므로 주의해야 한다. 또한 무언가를 설명하는 글에는 이탤릭체를 쓰지 않는 게 일반적이다.

대시부호

대시부호(—)는 문장의 리듬을 다채롭게 하는 효과가 있다. 쉼표보다 더 효과적으로 단어나 구절을 강조할 수 있다.

> 세계에서 가장 오래된 인쇄물 –『금강경』– 은* 정교한 장식이 돋보이는 표지가 매우 아름다운 책이다. 868년에 제작된 이 인쇄물은 1907년 중국 둔황 지역 인근 동굴에서 발견됐다.

인쇄물을 이야기할 때는 '세계에서 가장 오래된 인쇄물,『금강경』'처럼 쉼표를 사용하는 것보다 위 예문처럼 대시부호를 사용하면 좀 더 인상적으로 보인다.

굵은 점

굵은 점(•)은 어떤 정보를 쉽게 풀어쓸 때 효과적이다. 완전한 문장을

옮긴이 주 : 세계에서 가장 오래된 목판인쇄물은 706~751년(추정)에 신라에서 제작돼 1966년에 발견된『무구정광대다라니경』이다. 하지만 서양 사람들은『금강경』을 세계에서 가장 오래된 목판인쇄물로 알고 있는 경우가 많다. 영국 고고학자가『금강경』을 먼저 발견했기 때문인 것 같다.

쓸 필요 없이 간단하게 표현해도 될 때 유용하다. 이력서나 발표자료, 전단지에 주로 쓰인다. 하지만 에세이나 보고서라면 표 안에 쓰는 것을 제외하고는 사용하지 말아야 한다. 공식적인 문서에 하이픈(-)이나 별표(*)를 사용하는 것도 좋지 않다.

번호 매기기

번호를 매기는 방식도 유용하다. 각 항목에 번호를 매기면 딱딱하게 보일 수는 있지만 개념이나 자료를 나열하는 데는 매우 효과적이다.

*** 예문 1**

내가 이 분야에 가장 크게 기여한 점은 (1)기업 윤리와 기업 시민의식의 혜택을 밝히고 그것을 금액으로 환산해서 보여줬다는 점과 (2)이런 프로그램이 기업과 상품, 직원들을 홍보하는 획기적인 수단이 될 수 있음을 각 기업가들에게 제대로 알렸다는 점이다.

*** 예문 2**

성공을 의미하는 단어 's.u.c.c.e.s.s.'는 글자마다 한 가지씩 특별한 의미를 지니고 있다.

1. 대단한 노력(Super effort)

2. 남다른 추진력(Unusual drive)

3. 효력이 검증된 것 활용하기(Copy what works)

4. 효력이 없는 것은 바꾸기(Change what doesn't)

5. 바로 실행하되 지나침은 금물(Exercise now and cut out excess)

6. 조금 더 아끼고 조금 덜 소비하기(Save a little more, spend a little less)

7. 다음 날 모든 것을 새로 시작하기(Start all over again the very next day)

음영 넣기

음영을 사용하면 지면에 대비 효과를 줄 수 있다. 특히 업무 보고서를 구성할 때 아주 유용하다. 예를 들어 보고서의 각 장 제목에 음영을 넣으면 새로운 내용이 시작된다는 것을 강조할 수 있다. 여러 장으로 된 보고서일 경우 각 장의 맨 윗줄에 음영을 넣기도 한다. 전단지에서 정보를 강조할 때도 음영을 자주 사용한다.

이력서 꾸미기

아래 예문은 이력서의 일부다. 이력서야말로 가독성을 높이는 도구를 가장 잘 활용해볼 수 있는 문서다. 특히 굵은 점과 볼드체, 이탤릭체를 제대로 사용해볼 수 있다.

경력

2012년~현재까지 **뱅크 오브 아메리카 소속 재무 분석가**

(미국 코네티컷 주 하트포드 소재)

- 지점 실적 분석 및 지역 시장 점유율 개선을 위한 새로운 전략 개발. 지점 두 곳에 필요한 2년짜리 마케팅 계획 수립
- 새로운 수수료 제도 개발 및 시행 지원
- 주요 고객을 위한 절세 전략 안내 및 투자 리오 구성 조언

기본원칙 19

제목과 헤드라인을 사용하라

글을 여러 부분으로 나누거나 요약할 때 제목과 헤드라인을 사용하라

학문적인 글을 쓸 때는 글이 길어지지 않도록 신경 써야 한다. 비즈니스 문서도 마찬가지다. 그 세계에서 시간과 돈의 낭비란 있을 수 없다. 따라서 비즈니스 문서를 쓸 때는 제목과 헤드라인을 사용해서 요점을 짚어주는 게 좋다. 제목은 각 부분의 정보를 구분해서 보여주는 역할을 하고, 헤드라인은 제목 뒤에 붙어서 앞으로 나올 정보를 요약하거나 풀어서 설명해준다. 헤드라인은 2~3줄로 쓰는 게 일반적이다.

효과적으로 제목 사용하기

제목을 사용하면 읽는 사람의 주의를 집중시킬 수 있다. 다음 예문을 보자. 만약 이 글에 각각의 제목이 없다면 정보를 효율적으로 파악하기가 어려울 것이다.

다이아몬드의 네 가지 C

색상(Color)

색이 없을수록 좋은 다이아몬드다. 색상 등급은 D에서부터 Z로 낮아진다. 가장 우수한 색상 등급은 무색을 뜻하는 D이지만 파랑, 분홍, 초록, 빨강 등의 천연 색조를 띠는 다이아몬드도 굉장히 아름답다. 이런 다이아몬드는 대단히 희귀해서 투명한 다이아몬드와 마찬가지로 최고가에 팔린다.

투명도(Clarity)

다이아몬드는 투명할수록 좋다. 보석감정사들은 다이아몬드가 불투명한 것을 가리켜 '함유물'이라고 표현한다. 함유물이 적을수록 다이아몬드의 가치가 높다.

연마 방식(Cut)

다이아몬드가 다른 보석들 중에서도 유독 돋보이는 이유는 뭘까? 아마도 눈이 부시도록 반짝이기 때문일 것이다. 다이아몬드의 색상과 투명도는 자연이 결정하지만 반짝거리게 만드는 연마만큼은 전적으로 사람의 기술에 달렸다.

캐럿 무게(Carat Weight)

캐럿이라는 말은, 무게를 달 때 사용했던 캐러브 나무 열매에서 유래됐다. 따라서 캐럿은 크기를 가리킨다. 하지만 크다고 다이아몬드 가치가 더 커지는 것은 아니다. 다이아몬드의 가치는 언제나 네 가지 C, 즉 색상, 투명도, 연마 방식, 캐럿을 모두 고려해 결정된다.

효과적으로 헤드라인 사용하기

헤드라인은 업무 보고서에서부터 개인 에세이에 이르기까지 두루 사용할 수 있다. 특히 각 부분을 요약해서 보여줄 때 매우 유용하다. 다음 예문에서 이탤릭체로 된 부분이 바로 헤드라인이다.

대지와 하늘, 바다가 나를 이끌어줄 것이다

대지와 하늘, 바다 이 세 가지 환경과 그것에서 경험한 것들이 오늘의 나를 만들었다.

덴마크 북부의 드넓은 대지로 돌아왔을 때, 나는 새들이 들판을 가로지르며 노래하는 소리에 귀를 기울였다.

대지는 내게 고향과 가족이 주는 안정감이 얼마나 소중한지 다시금 일깨워주었다.______________________.

상어들은 위협적인 존재가 아니다. 오히려 밝은 색깔을 지닌 작은 산호들이 위험한 독을 품고 있을 때가 있다.

스쿠버다이빙을 하면서 나는 뜻밖의 상황을 염두에 두는 법을 배웠다.______________________.

하늘은 한계를 넘어서는 것처럼 보이는 많은 일들이 실제로는 가능하다는 것을 알려주었다.

스카이다이빙은 더 높은 목표를 세우고 거기에 도달하도록 나를 북돋아줬다. ____.

개인적인 삶과 직업적인 면에서 모두 성공하는 게 지금 내가 맞닥뜨린 가장 큰 도전이다. 이런 도전에 직면할 때마다 대지와 바다, 하늘의 영향력이 나를 이끌어줄 것이다.

기본원칙 20

처음부터 다시 시작하라

손댈 부분이 없을 때까지는 아직 끝난 게 아니다

앉은 자리에서 완벽한 글을 뚝딱 써낼 수 있는 사람은 드물다. 글 솜씨가 뛰어난 사람도 한 편의 짧은 글을 쓸 때 최소한 3번은 고쳐 쓴다. 이력서에 첨부할 자기소개서를 쓰고 있다고 가정해보자. 일단 생각해둔 내용을 종이에 적어볼 것이다. 그런 다음 방금 적은 글을 전체적으로 읽어보면서 다듬고, 세부사항을 덧붙이고, 연결고리를 만들고, 잘못된 표현들을 바로잡을 것이다. 그러나 여기서 끝이 아니다. 그 다음날 다시 한 번 읽어보면서 세세한 부분들을 수정해야 한다. 글이 길수록 각 부분마다 이 과정을 더 많이 반복해야 한다.

글 한 편이 완성되기까지 필요한 퇴고 횟수는 글의 분량과 내용의 난이도에 따라 달라진다. 두 줄짜리 업무용 메모는 짧고 간단하기 때문에 단 한 번으로 충분하다. 반면에 한 쪽 분량의 시를 쓰려면 퇴고 작업이 열두 번도 넘게 필요할 것이다. 훨씬 길고 어렵기 때문이다.

이 작업은 언제 끝이 날까?

글을 수정하는 작업은 생각보다 성가시고 피곤한 일이다. 하지만 수정하면 할수록 자신의 글에 대한 만족감이 커지고, 결국에는 더 이상 보태거나 빼고 싶지 않은 순간이 찾아오게 마련이다. 바로 그때다, 퇴고 작업에 마침표를 찍을 순간이란! 비로소 글은 '안정'을 찾는다. 다듬지 않은 글은 폭풍에 흔들리는 모래와 같다. 하지만 폭풍이 잦아들면 모래도 안정된다.

물론 '완성'이라는 단어는 글쓰기와 어울리지 않는다. 실제로 '완성된 글'이라는 것은 없기 때문이다. 단지 글쓴이가 '완성'이라고 생각하는 순간이 있을 뿐이다. 일상적인 용도로 쓰는 글은 글쓰기 작업이 끝난 그 순간 일단 완성된다. 하지만 소설처럼 영속성을 갖는 글은 고쳐 쓸 만한 부분이 늘 있기 때문에 글쓰기 작업이 무한정 이어질 수 있다. 심지어 이미 출간된 책들도 다시 고쳐 쓰고 편집을 바꾼다. 책이 출간된 지 몇 주나 몇 달, 몇 년이 흘러도 저자는 수정을 고민할 수밖에 없다.

과정을 소중하게 생각하라

글쓰기는 창의적인 작업이다. 글을 쓰면서 비로소 깨닫게 되는 것들이 있다. 특히 '쓸모없는 글'을 어떤 식으로든 가치 있는 글로 바꿔놓았을 때, 전에는 깨닫지 못한 자부심까지 느낄 수 있다. 개인적인 에세이나 업무 보고서처럼 분량이 긴 글이라면 당연히 술술 잘 써지는 부분부터 쓰게 된다. 그러나 자연스럽게 써지는 부분이 있는 것처럼 만족스럽지 못한 부분도 항상 있게 마련이고, 그렇다면 그 부분은 몇 번이고 다시 쓸 수밖에 없다.

마음에 드는 부분을 '꽃밭', 마음에 들지 않는 부분을 '잡초더미'라고 생각해보자. '잡초'에 노력을 쏟아부으면 글은 달라지기 시작한다. '꽃밭'만큼이나 만족스럽게 바뀌고 어떤 부분은 그보다 더 멋지게 바뀌기도 한다. 이런 과정은 굉장한 만족감과 영감, 에너지를 선사한다.

이제 다른 '잡초'로 범위를 넓혀 잡초가 하나도 남지 않을 때까지 글을 고쳐본다. 그런 다음 처음에 '꽃밭'이라고 생각했던 부분들을 다시 다듬는다. 전보다 한 단계 더 높은 수준으로 글을 끌어올리는 과정이다. 글쓰기는 이처럼 계속해서 '꽃'과 '잡초'를 다듬어나가는 작업이다.

대부분의 사람들은 자신이 쓴 글을 고치기 싫어한다. 그게 본성이다. '술이야말로 작가들의 직업적 위험요소다'는 농담이 있을 만큼, 글을 쓰는 과정은 스트레스와 고통을 동반한다. 그러나 꼭 글을 쓰는 과정이 술을 불러들이는 것은 아닐지 모른다. 오히려 고쳐 쓰고 또 고쳐 쓰는 과정에서 독한

술을 찾고 싶어질지 모르니까. 지난한 퇴고 과정이 글쓰기를 어렵게 만드는 것은 정말 안타까운 일이다. 하지만 가장 안타까운 것은, 글을 쓰기 전부터 수정에 대한 압박감에 시달리는 사람들이다. 글 솜씨가 아무리 좋아도 이러한 두려움에서 자유롭기란 어렵다. 하지만 작가가 아닌 이상 이런 압박감을 떨쳐버릴 필요가 있다. 퇴고 과정을 '자신만의 정원을 가꾸는 작업'이라고 생각하면 한결 마음이 편해질 것이다. 물론 과정은 길다. 하지만 자신의 정원에서 누구도 본 적 없는 아름다운 꽃을 발견하게 되면 그 만족감과 향기 역시 오래 이어질 것이다.

예전에 쓴 글을 다시 읽어본 적이 있는가. 대학 때 썼던 에세이나 업무 보고서, 개인적으로 쓴 편지나 시 등을 읽고 "대단해! 감동적이야! 정말 재미있네! 어떻게 이런 글을 썼지?" 같은 말이 저절로 터져 나왔다면 당신은 이미 훌륭한 정원사다. 정답이란 없다. 글쓰기 과정에서 필요한 것은 실력과 약간의 운, 그리고 대담함과 순수함뿐이다.

글쓰기는 과학적이고 예술적이다.

형식을 갖추고 규칙을 따라야 한다는 점은 과학적이다.

하지만 상황에 따라 달라질 수 있다는 점에서는 예술적이다.

부록

20가지 기본원칙 요약 / 연습문제 해답

거의 완성작에 가까운 원고를 만들어냈다는 착각이야말로

초고가 선사하는 최고의 즐거움이다.

그리고

초고에 완전히 속지는 않았다는 깨달음이

퇴고 과정이 주는 또 다른 기쁨이다.

— 줄리언 반스 —

부록 1

20가지 기본원칙 요약

■ 구조

1. 결론부터 제시하라.
2. 주제를 몇 개의 부분으로 쪼개서 본론을 만들고, 머리말을 활용하라.
3. 글의 흐름을 명확히 보여주려면 접속사를 사용하라.
4. 여섯 가지 구조를 활용해 생각을 적절히 배치하라.
5. 하나의 주제를 완전히 마무리한 후 다른 주제로 넘어가라.

■ 문체

6. 구체적이고 분명한 단어를 사용해 요지를 보충하라.
7. 오랫동안 기억에 남는 글을 쓰려면 개인적인 경험을 덧붙여라.
8. 생각을 제대로 표현하고 싶다면 쉬운 단어를 선택하라.
9. 단문으로 만들어서 글을 명료하게 만들어라.

10. 군더더기 말이나 과도한 수식어를 빼라.

11. 되도록 수동태를 피하고 능동태를 사용하라.

12. 동사나 형용사로 쓸 수 있는 표현을 명사화하지 마라.

13. 비슷한 항목들은 비슷한 형태로 일관되게 표현하라.

14. 문장의 첫머리와 길이를 다채롭게 변화시켜라.

15. 긍정적이고 친근한 어조가 좋다.

16. 한쪽 性에 치우친 단어는 피하라.

■ 가독성

17. 가독성을 높이려면 글 주변의 여백을 넓혀라.

18. 핵심 단어와 구절을 부각시켜라.

19. 글을 여러 부분으로 나누거나 요약할 때 제목과 헤드라인을 사용하라.

20. 손댈 부분이 없을 때까지는 아직 끝난 게 아니다.

부록 2

연습문제 해답

■ 기본원칙 3(34쪽)

답은 5, 2, 1, 4, 3이다.

5. 고래는 동물들 중에서 덩치가 가장 큰 포유류다. 2. 고래라고 하면 대부분의 사람들이 게으르고 뚱뚱하고 넓은 바다를 어슬렁거리면서 거대한 몸을 유지하기 위해 엄청난 양의 먹이를 먹어대는 모습을 떠올린다. 1. 반면에 개미라고 하면 부지런하고 적게 먹으면서도 자기 몸의 두 배나 되는 물건들을 은신처로 나르느라 바삐 움직이는 모습을 떠올리는 경향이 있다. 4. 그러나 개미는 매일 자신의 몸무게와 동일한 양을 먹는 반면 고래는 하루 종일 자기 몸무게의 1,000분의 1정도밖에 먹지 않는다. 3. 실제로 모든 생물의 먹이 소비량과 몸집을 비교해보면, 고래가 지구상에서 먹이 효율이 가장 뛰어난 생물 중 하나라는 사실을

알 수 있다.

잠깐! 위 글에서는 결론이 맨 마지막에 나왔다. 글이 짧고 복잡하지 않다면 결론이 마지막에 나와도 괜찮다. 그런 점에서 이 글은 결론이 맨 처음에 나와야 한다는 원칙의 예외일 수 있다.

■ **기본원칙 6(68쪽)**

1. 휴가 비용으로 5,000달러 가까이 들었다.
2. 무지개는 빨강, 주황, 노랑, 초록, 파랑, 남색, 보라를 포함한 다양한 색깔의 스펙트럼으로 이루어져 있다.
3. 쉴라는 178센티미터에 이르는 장신에 크고 아름다운 눈을 지녔다.
4. 많은 경제학자들이 연방준비은행이 금리를 낮추는 데 실패했기 때문에 지금의 경기 침체가 발생했다고 생각한다.
5. 기업들은 옥외 광고를 활용해야 한다. 비용이 적게 드는데다 해당 지역의 매출을 10%나 늘릴 수 있기 때문이다.
6. 팀은 종종 자동차 열쇠를 잊어버린다.
7. 그 참가자는 남극이 일곱 개 대륙 중 하나라는 사실을 기억해내지 못했기 때문에 첫 번째 단계에서 탈락했다.
8. 가게 통로마다 신선한 농산품과 작은 캔, 커다란 상자들이 바닥부터 천장까지 가득 쌓여 있었다.
9. 존스 씨 부부는 서로 농담을 주고받으며 많은 시간을 함께 보낸다.

■ **기본원칙 7(79쪽)**

좋은 아이디어는 신선하다.

좋은 아이디어는 사라지기 쉽다.

좋은 아이디어는 주변 환경에 커다란 영향을 미친다.

좋은 아이디어를 발견하려면 먼 길을 가야 한다.

좋은 아이디어가 만들어지려면 시간이 걸린다.

좋은 아이디어에는 깊은 의미가 담겨 있지만 누구나 그것을 헤아릴 수 있는 것은 아니다.

좋은 아이디어로 얻을 수 있는 혜택이 열 가지 있다면, 그중 한 가지는 확실히 눈에 띄지만 다른 아홉 가지는 겉으로 드러나지 않는 장기적인 혜택이다.

좋은 아이디어는 가시적인 결과 말고도 훨씬 많은 것을 포함하고 있다. 결과를 직접 볼 수 있는 것은 일부에 지나지 않는다.

■ **기본원칙 8(83쪽)**

1. 여러 가지 연구결과들을 통해 당근주스가 몸에 좋다는 게 밝혀졌다.
2. 1년 후 재활용 복사용지가 대량으로 필요할 것이다.
3. 이 계획으로 인해 비효율적인 운송관행이 사라질 것이다.
4. 초등학생에게 가장 중요한 교육은 읽기, 쓰기, 셈하기다.
5. 오직 기상학자들만이 변화하는 기후 조건을 분석할 수 있다.

6. 두 번째 연과 세 번째 연에서 시인의 절망감을 느꼈다.

7. 저 개는 멋지다(더 구체적인 문장으로 바꾸기 위해서는 '멋진'을 설명해줄 글을 덧붙여야 한다).

8. 허리케인이 대부분의 해안가 구조물을 삼키고 말았다.

9. 나는 전쟁에 반대하지만, 군사력을 동원해야 할 상황도 있다고 생각한다.

10. 오래전 나폴레옹 군대가 러시아로 진군했을 때처럼, 독일 군대 역시 겨울 날씨에 대한 준비가 제대로 되어 있지 않아서 러시아를 성공적으로 공략할 수 없었다.

■ 기본원칙 10(94~100쪽)

연습문제 1

1. 참석자들은 행사에서 정한 복장규정에 따라야 한다.

2. 거대한 건설 프로젝트에는 유능한 관리자가 필요하다.

3. 아크로폴리스 미술관은 여전히 중요한 관광명소다.

4. 결론은, 신체적 증상과 심리적 증상이 서로 밀접하게 연관되어 있다는 것이다.

5. 현장 책임자의 카리스마로도 빈약한 전문 지식을 감출 수는 없다.

6. 최근의 정부 차입 추세로 인해 더 가난한 국가들이 생겨날 것이다.

7. 물 부족, 만성적인 인구밀집, 만연하는 질병 같은 문제들이 합쳐져 위

기를 초래했다.

8. 문제에 대한 새로운 해법을 찾아낼 수 있는 사람은 드물다.
9. 그녀는 유네스코에서 일하기로 결정했다.
10. 협상은 평화적인 해결로 나아가는 다양한 가능성을 열어준다.

연습문제 2

1. 피터는 특출한 학생이다.
2. 무엇을 하며 살아야 할지 가장 잘 결정할 수 있는 사람은 당신 자신이다.
3. 프로판 가스 탱크가 텅 비었다.
4. 조이는 책을 천천히 읽는다.
5. 전 세계 국가들 사이의 부가 차이나는 데는 많은 이유가 있다.
6. 일부 전문가들은 단순히 쾌락을 좇고 고통을 피하려는 욕망에서 동기가 일어난다고 생각한다.
7. 인도에서 최고의 음식을 발견했다.
8. 그녀는 탁월한 피아니스트다.
9. 상트페테르부르크에 있는 에르미타주 미술관은 독특한 회화들로 가득하다.
10. 회계 감사원은, 감사를 담당한 기업으로부터 독립성을 유지해야 한다.

연습문제 3

1. 발표자가 사소한 내용에 몰두한다.
2. 의사, 변호사, 기술자 같은 다른 전문가들처럼 교사도 많은 보수를 받아야 한다고 생각한다.
3. 이 주장은 기반시설이 열악한 국가들의 경우로는 일반화할 수 없다.
4. 포도주는 사회생활에 훌륭한 윤활유가 되어준다.
5. 적은 비용으로 책과 비디오를 집까지 배달해준다면 과연 도서관을 이용하는 사람들이 늘어날 수 있을까?
6. 사람들로 붐비는 극장에서 "불이야"라고 외쳐도 비난받지 않는다는 게 언론의 자유는 아니다.
7. 많은 사람들이 살을 빼고 싶어 하지만 대부분 실패하는 이유는, 한 가지 다이어트 프로그램을 선택해 열심히 해보겠다고 결심하지 못해서다.
8. 그 주장에도 일리가 있다.
9. 굉장히 의욕적이면서도 대단히 겸손한 사람들에게서 가장 큰 영감을 받는다.
10. 대인관계에서 성공하려면 기꺼이 70퍼센트를 내주고 30퍼센트만 돌려받을 생각을 해야 한다.

■ **기본원칙 11(105쪽)**

1. 근대에는 경험이 부족하고 도구도 제대로 갖추지 않은 의사들이 수술을 진행할 때가 많았다.
2. 저자는 마지막 단락에서 핵심 요지를 제기했다.
3. 동기부여 강좌는, 그 강좌가 정말로 필요한 사람들은 듣지 않고 별로 필요하지 않은 사람들이 듣는 경우가 많다.
4. 캠핑족들이 사용할 수 있도록 바비큐 화덕을 옮겨야 한다.
5. 최종 시한 직전에 교섭 대표들이 평화협정의 세부사항을 타결했다.
6. 적십자 자원봉사자들의 노고에 대해 아낌없이 칭찬해야 한다.
7. 배우의 대리인은 항상 배우가 서명하기 전에 계약 내용을 조율한다.
8. 그 기관은 보안에 대한 아무런 주의 없이 평가결과를 공개했다.
9. 다수의 임상 심리학자들과 결혼 전문가들이 보고서를 편집했다.
10. 돈과 인력, 현지 정부의 지원 없이 의사들이 저개발 국가에서 질병을 치료하기란 어렵다.

잠깐! 수동태를 능동태로 고치기 위해 새로운 주어가 필요할 때도 있다. 5번과 8번, 10번 문장이 그러하다. 각각 '교섭 대표, 기관, 의사' 등의 새로운 주어가 들어갔다.

■ 기본원칙 12(109쪽)

1. 아마추어 선수들은 자신의 훈련프로그램을 직접 개발해야 한다.
2. 군사 지도자가 결정을 미룬다면 최악의 적수를 만나게 된다.
3. 전문위원들은 새로운 공기청정 법안이 시행되면 대기오염이 20퍼센트 줄어들 것으로 예상한다.
4. 대부분의 영양학자들이 지방이 많은 음식과 탄수화물 섭취를 줄이는 것이 체중 감량에 성공하는 가장 좋은 방법이라고 말한다.
5. 정치인들은 합리적이지도 공평하지도 않다.
6. 표준화된 입학시험은 학생들이 동등한 입장에서 대학이나 대학원에 지원할 수 있도록 돕는다.
7. 유명인사들은 텔레비전에 나와 자신의 정치적 견해를 마음 놓고 표현할 수 있어야 한다.
8. 닷컴 열풍이 불기 전까지만 해도, 투자자들은 인터넷기업의 가치를 매길 때 전통적인 회계공식을 사용해야 하는지 여부를 한 번도 심각하게 고려하지 않았다.
9. 관리자들은 직원 세 명을 해고하기로 결정했다.
10. 창의적이고 자발적인 사람들은 각자의 꿈을 추구할 수 있도록 격려해줘야 한다.

■ **기본원칙 13(114쪽)**

1. 복권에 당첨됐음에도 불구하고 노부부는 트랙터와 스토브, 현관을 새로 교체하는 데만 돈을 쓸 계획이라고 말했다.
2. 올림픽 자원봉사자들은 위대한 임무를 수행할 준비와 능력, 의지를 갖췄다.
3. 그 다큐멘터리는 흥미롭고 유익했다.
4. 웨인 그레츠키는 동료들로부터 사랑받고 캐나다 하키 리그 팬들로부터 존경받았다.

(**잠깐!** 주어가 웨인 그레츠키라는 것을 이미 알고 있는 상황에서는 이렇게도 쓸 수 있다 웨인 그레츠키의 동료들은 그를 사랑했고, 캐나다 하키 리그 팬들은 그에게 경의를 표했다.)

5. 학생들은 페이스북을 확인하고, 이메일을 읽고, 블로그 게시물을 살펴보고, 즐겁게 트위터를 할 수 있다.
6. 그 펀드 매니저는 자기 이론의 근거를 주식 실적과 채권 실적, 다른 주요 경제 지표에 두고 있다.
7. 그 무용수는 자신의 대역에게 동작을 하고, 의상을 입고, 안무가와 작업하고, 사진작가를 대할 때 어떻게 해야 하는지 알려줬다.
8. 유능한 변호사의 적절한 조언이 소송에서 이기는 데 도움이 되는 것처럼 유능한 감독의 적절한 조언은 스포츠 경기에서 승리하는 데 도움을 준다.
9. 불교 진언에 따르면 두려움과 분노, 욕망은 고통을 초래한다. 두려움

과 분노, 욕망을 없애면 고통이 사라진다.

10. 내가 현안인 탄핵에 대해 반대하는 까닭은 그 논란의 본질이 첫째, 사적이고, 둘째, 편파적이기 때문이다.

■ **기본원칙 14**(119쪽)

1. 판매는 어려운 일이다. 왜냐하면 경험과 독창성이 필요하기 때문이다.
2. 여러 이유로 인해 파는 것은 어렵다.
3. 경험과 독창성이 필요하기 때문에 파는 것은 어렵다.
4. 전통적으로 무언가를 팔 때는 경험과 독창성이 필요하다는 게 사람들의 인식이다.
5. 독창적이고 수완 좋은 직원이 판매에 적합하다.

■ **기본원칙 15**(124쪽)

긍정적인 어조를 드러내려면 '불가능'이나 '너무 심각하여' 같은 부정적인 표현은 없애는 게 좋다. 그 대신 '저희'나 '저희들'과 같은 인칭대명사를 더 많이 사용해야 한다. 단순히 '컴프트로닉스'나 '고객서비스팀'이라고 하는 것보다 '저희 회사'나 '저희 고객서비스팀'이라고 하면 더 친근하게 들린다.

존스 씨께

고객님의 노트북컴퓨터 모델 580G에 발생한 문제에 대해 깊은 사과를 드립니다. 저희 기술자들이 제품을 검사한 결과 다음 두 가지 중 한 가지를 선택하는 게 최선의 해결책으로 보입니다.

(1) 제품에 대해 전액 환불받으실 수 있습니다.
(2) 제품을 새 모델로 교체하실 수 있습니다.

고객님이 결정하신 내용을 저희 고객서비스팀으로 알려주십시오.

컴프트로닉스 고객서비스 책임자 두 굿 드림

보기 좋고 읽기 쉬운 정교한 글쓰기의 법칙 20

탄탄한 문장력

초판 1쇄 발행 2015년 6월 20일
초판 7쇄 발행 2022년 3월 10일

지은이 브랜던 로열
옮긴이 구미화
펴낸이 민혜영
펴낸곳 (주)카시오페아 출판사
주소 서울시 마포구 월드컵로 14길 56, 2층
전화 02-303-5580 | **팩스** 02-2179-8768
홈페이지 www.cassiopeiabook.com | **전자우편** editor@cassiopeiabook.com
출판등록 2012년 12월 27일 제2014-000277호
편집 최유진, 진다영, 공하연 | **디자인** 이성희, 최예슬 | **마케팅** 허경아, 홍수연, 변승주
디자인 WooJin(宇珍)

ISBN 979-11-85952-15-4

이 도서의 국립중앙도서관 출판시도서목록(CIP)은 서지정보유통지원시스템 홈페이지(http://seoji.nl.go.kr)와
국가자료공동목록시스템(http: //www.nl.go.kr/kolisnet)에서 이용하실 수 있습니다.
(CIP제어번호 : CIP2015015168)